MONSTER MASTER

怪物大師

異境的迷夢深淵

雷歐幻像 著

U0108960

中華教育

怪物大師人物介紹

CHARACTERS INTRODUCTION

A STORY ABOUT LOVE AND DREAMS

布布路

賽琳娜

帝奇・雷頓

餃子

關鍵詞：
單細胞動物、樂觀、熱血。

關鍵詞：
大姐頭、敏捷、獅吼功。

關鍵詞：
豆丁小子、酷、毒舌。

關鍵詞：
狐狸面具、神祕、圓滑。

從小與守墓人爺爺一起生活在墓地，因為父親的各種負面傳言，一直受到村裏人排擠，但布布路從不自卑，內心深處相信自己的父親是一位了不起的人物。為了實現自己的夢想以及尋找失蹤父親的消息，他毅然離開家鄉，前往摩爾本十字基地，參加怪物大師預備生的試煉。

出生商人世家的大小姐，卻一點都沒有大小姐的架子，與布布路一樣來自「影王村」，個性豪爽，有點驕傲，對待布布路一視同仁，從不排擠她，只因為她更在乎的是推廣家裏的生意。賽琳娜的目標是收集世界上所有類型的元素石，並熟練掌握運用這些元素石的運用。

臉上總是掛着陰沉表情的瘦小男生。帝奇的存在感薄弱，不注意看的話就找不到人了，但是他身邊跟着一隻非常招搖拉風的怪物——成年版的「巴巴里金獅」。對於是非的判斷他有自己的準則，不太相信別人，性格很「獨」。

在去往摩爾本十字基地的路上，勾搭認識上布布路，戴着狐狸面具，看不出喜怒哀樂，從聲音來聽，似乎總是笑嘻嘻的，高調宣揚自己身無分文，賴着布布路騙吃騙喝，在招生會期間對布布路諸多照應。

冒險、正義、財富、祕寶、名譽……

富有志向的人們啊，

用心發出聲音吧，

召喚那來自時空盡頭的怪物，

賭上所有的「夢想」「勇氣」「自尊」，甚至「性命」，

向着成為藍星上最傳奇的 ——怪物大師之路前進吧！

—— 《怪物大師》題記
MONSTER MASTER

【目錄】CONTENTS
《異境的迷夢深淵》

Especially written for kids aged 9 — 16（專為9-16歲兒童製作）

● 【扉頁彩圖】ART OF MONSTER MASTER
● 人物介紹：布布路 / 賽琳娜 / 帝奇 / 餃子

MONSTER MASTER 「怪物大師」無盡的冒險
Swamped in Dream

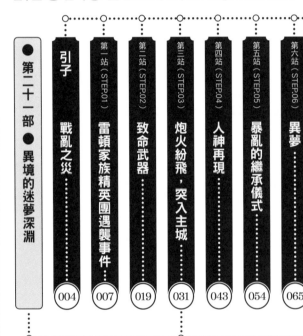

● 第二十一部 ● 異境的迷夢深淵

引子 戰亂之災 ········ 004

第一站（STEP:01）雷頓家族精英團遇襲事件 ········ 007

第二站（STEP:02）致命武器 ········ 019

第三站（STEP:03）炮火紛飛，突入主城 ········ 031

第四站（STEP:04）人神再現 ········ 043

第五站（STEP:05）暴亂的繼承儀式 ········ 054

第六站（STEP:06）異夢 ········ 065

第七站（STEP:07）永恆牢 ········ 079

第八站（STEP:08）可怕的銀水陷阱 ········ 089

第九站（STEP:09）令人生疑的追蹤者 ········ 101

怪物大師最愛珍藏

❶ 十問集第一期答案 ············ 243
❷ 下部預告 ············ 244
❸ 「怪物對戰牌」暗戰版使用說明書 ············ 246
❹ 「怪物大師」四格漫畫小劇場 ············ 248
❺ 這裏，沒有祕密 ············ 250
❻ 藍星地球特刊 ············ 251

穿透文字的「堅強」與「感動」！

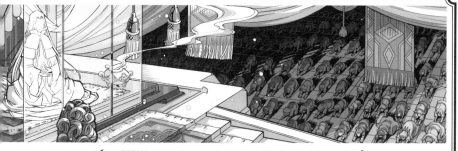

DREAM　ADVENTURE　COURAGE　FRIENDSHIP

夢想+冒險+勇氣+友誼

「怪物」與「人類」、「勇氣」與「挫折」、「信仰」與「背叛」、「戰鬥」與「思考」……是心靈的冒險，還是意志的考驗？
請與本書的主人公一同開啟奇幻之門，一起去追尋人生中最珍貴的夢想吧！

第十站（STEP:10）　咸岸 …………… 110

第十一站（STEP:11）　雲圖閣 …………… 122

第十二站（STEP:12）　十影王路內德 …………… 131

第十三站（STEP:13）　無可匹敵的力量 …………… 143

第十四站（STEP:14）　生命的法則 …………… 152

第十五站（STEP:15）　問星室 …………… 163

第十六站（STEP:16）　記憶亂流 …………… 176

第十七站（STEP:17）　心心相印之力 …………… 189

第十八站（STEP:18）　絕密任務報告 …………… 203

第十九站（STEP:19）　父子情深 …………… 217

第二十站（STEP:20）　粉碎野心家的陰謀 …………… 228

把世界的謎團串起來！
MELODIES OF LIFE

這裏是獨一無二的腦細胞幻想地帶，孩子們其樂無窮的樂園。
每部一個練膽故事，它們以神祕莫測的魔力，俘虜着人們的好奇心。
有人說，唯一的抵抗方法，就是閱讀——
請翻開這本書吧，讓人心動的世界正在向你招手……

愛與夢想的「新世界冒險奇談」！

引子

MONSTER MASTER 21

戰亂之災
MONSTER MASTER 21

這裏的天空不是明亮的藍色，而是沉悶的灰黑色，是炮火和硝煙所染就的顏色。

從古至今，有人類的地方就有利益衝突，有利益衝突的地方就會爆發戰爭。

布布路從小生活清貧，不過，他的家鄉影王村卻是個和平寧靜的古老村莊，因此他從沒有親眼見過因戰亂而流離失所的人們。

當這一幕活生生地呈現在布布路的眼前時，他的心不由得顫抖了起來——

在已經骯髒得看不出原本的顏色、在風中飄搖而幾欲倒塌的破損帳篷裏，幾百名衣衫襤褸的難民擠在一起，他們一個個面色枯黃，瘦骨嶙峋，顯然是長期忍受着飢餓……其中一些難民的身體有不同程度的殘疾，飽經風霜的皮膚上佈滿潰爛的傷口，昭示着戰爭的殘酷和殺傷性武器的可怕威力。

最令人心碎的是那些年幼的孩子，他們警覺地瞪着眼睛，畏畏縮縮地四下張望着，一點點風吹草動都會讓他們如篩糠般瑟瑟發抖。

孩子們絕望的表情讓布布路感到鼻頭一陣酸澀，他只好移開目光，順着臨時帳篷的頂部，看向不遠處的高達數米的鐵網。鐵網的兩端綿延開來，看不到盡頭，上面遍佈尖刺，還連着能夠導電的雷晶石。鐵網下的土地上佈滿了大大小小的焦黑的深坑，那正是埋於地下的爆破晶石爆炸後留下的，其威嚇的意味不言而喻……

在「全面封鎖」的禁令下，那道鐵網以內的土地，已經成為無法踏入的黑暗之地。

布布路無法看到鐵網內更多的狀況，但看到這些從裏面逃出來的難民的樣子，可以想像，那片土地已經不再適合生存。

目前，難民多達數百名，他們無家可歸，也無力長途跋涉，只能就近停留，忍受着傷病、飢餓的折磨。各國都已派出了救援隊，為難民們提供補給和醫療救治，但仍舊是杯水車薪。

「生命之星助力會」是怪物大師管理協會下屬的國際救援

機構，它以綠葉拼出的心形圖案為標誌，會員全都是自願加入的怪物大師。每當出現戰亂和災情，沒有任務在身的怪物大師志願者們便會奔赴一線，為身陷困境的人們提供人道主義救援。這抹小小的綠色彷彿就是生命的顏色，為苦難深重的戰爭之地帶去希望。

在「生命之星助力會」的倡議下，許多國家都劃撥出「難民安置區」，陸續將難民進行轉移，讓他們在沒有戰火的土地上重新開始生活。

這一次，布布路四人之所以能作為「生命之星助力會」的成員參與救援，主要是因為有科娜洛導師的推薦，而推薦理由則是「該預備生團隊曾多次完成艱巨任務，具有較強的心理素質和良好的臨場反應能力」。

布布路拽緊了右手臂上帶「生命之星助力會」字樣的白色袖章，暗暗下定了決心：我一定要為改變現狀出一分力！

異境的迷夢深淵
MONSTER MASTER 21

新世界冒險奇談
第一站 STEP.01
雷頓家族精英團遇襲事件
MONSTER MASTER 21

降神之都 —— 翡冷翠

　　降神之都 —— 翡冷翠，曾是人類信仰的歸屬地。如今，這裏卻被深重的絕望和恐懼籠罩。

　　城郭被戰爭摧殘得面目全非，到處都是一派蕭索淒涼的景象。縷縷黑煙中，含苞待放的花蕾還沒盛開便已凋零，恰如那些本該天真無邪，如今卻心事重重的小難民。

　　風塵僕僕的布布路和他的同伴們正協助翡冷翠附近的難民轉移，去在北之黎城郊剛剛建好的安置區。

面對難民們死灰般的沉寂表情，一貫堅強的大姐頭賽琳娜早已經眼眶發紅，她痛心疾首地說：「戰爭太殘酷了！在象徵愛與希望的神聖之城 —— 翡冷翠，愛和希望卻都如此遙遠，真是諷刺……」

「對！那些挑起戰爭的人，他們怎麼可以把普通人都捲入搶奪珍貴晶石的戰爭中？！」布布路義憤填膺地握緊拳頭。

他激昂的發言非但沒有讓同行的三個預備生同伴出聲應和，反而讓他們齊齊愣住了。

餃子摩挲着臉上的狐狸面具，不解地問：「布布路，你在胡說甚麼？翡冷翠爆發戰爭怎麼會是為了搶奪晶石？」

「不是你說的嗎？翡冷翠是一種超級珍貴的晶石！」布布路不解地反問道。

「那是冷翡翠……」餃子無力地扶住額頭，嚴肅地解釋道，「聽着，翡冷翠之所以被譽為『降神之都』，是因為這裏曾是『希愛黎人神』所在的聖地，人們不遠萬里來到這裏，都是為了虔誠地朝拜人神。」

「那一定是很貴重的人參吧？……」布布路露出若有所思的表情，仍然不明白人們為甚麼要朝拜人參。

「是『人神』，不是『人參』！布布路啊，我的藍星標準語發音還是挺標準的，為甚麼你每次都能聽錯？」餃子嗓音顫抖，狐狸面具後的嘴角抽搐不停，他顯然已經在抓狂的邊緣。

「噗 ——」兩人的一唱一和被剛剛換上志願者送來的乾淨衣服的孩子們聽見，他們忽然笑出了聲。

　　孩子們的眼神因為這短暫的一幕而變得漸漸明亮起來，四周沉悶得令人窒息的空氣也彷彿被吹入了一絲清涼的微風。

　　「這也是種才能！」賽琳娜拍了拍布布路的肩膀，代替餃子繼續說道，「『人神』是一個尊稱，『希愛黎』在古語中有『仁愛』和『良善』的意思。傳說希愛黎人神現世時，周身被聖光環繞。人們不遠萬里來翡冷翠朝聖，若有幸獲得人神的祝福，所有的不幸都會消失。在人神面前，人人平等，不分貴賤。不管是期盼國家風調雨順、國泰民安的國王，還是身負罪孽，來尋求救贖的罪犯，人神都會給予他們平等的庇護。因此，數千年來，降神之都翡冷翠一直都是藍星最富饒的城市之一。生活在這裏的人們沒有種族、等級和派別之分，所有人都是希愛黎人神最為虔誠的擁戴者。」

　　「數千年？希愛黎人神的壽命好長！」布布路不可思議地睜大眼睛，對人神產生了濃濃的好奇。

　　「不，希愛黎人神和我們一樣，也是肉體凡胎的普通人。人神只是一種身份，是代代相傳的。上一代人神離世之前，通常會透露出下一代人神的所在地，指引侍奉者前去迎接新一代的人神。後者被接入聖城後，就會舉辦繼承希愛黎人神頭銜的儀式。這種傳統，已經延續了數千年，直到十幾年前 ——」說到這裏，賽琳娜頓了頓，彷彿是在整理思緒，又好像是在故意賣關子。

　　「發生了甚麼？」布布路心急地催問。

　　「據說，上一代人神繼位後，行為舉止格外詭異，跟以往的

人神大相徑庭，還在做了一件極惡之事後，離奇失蹤了。按理說，但凡與人神相關的大事件都會被記載在文獻中，可偏偏關於上一代人神的記載僅寥寥數筆。那件極惡之事竟然沒有任何記錄，甚至知情者們也閉口不提，顯然是在刻意掩蓋甚麼。」

賽琳娜說着，看了看身邊出身於帝王之家的餃子和賞金王家族的帝奇。從兩人的反應來看，他們顯然也不知情。

「明明只是十多年前發生的事，如今卻無從知曉當年翡冷翠到底發生了甚麼變故，太可疑了。」賽琳娜無奈地攤了攤手。

「自從沒了人神坐鎮，降神之都群龍無首，各方勢力蠢蠢欲動，他們都想扶持自己人擔任新一任人神，掌握降神之都的大

權。權力的鬥爭逐步升級，最終兵戎相見。這座數千年來沐浴着和平雨露的降神之都，也淪為了淒風苦雨、民不聊生的戰亂之地。」餃子遺憾地感歎。跟生長環境單純的布布路不同，作為塔拉斯的繼承人，他對因權力爭奪而產生的後果可以說是深有體會。

「這麼說⋯⋯」布布路努力消化了一會兒賽琳娜和餃子的話，靈機一動道，「是不是只要把失蹤的人神找出來，戰爭就能結束了？」

「笨蛋！要是輕易就能把那位人神找出來，這場戰爭也不會持續至今了！」一直沉默的帝奇沒好氣地說，看得出他心情

極差。

　　餃子和賽琳娜也相視一眼，沉重地歎了口氣 —— 如果能為鐵網內受困的人們做些甚麼就好了。

突如其來的求救信號

　　「咳咳！」看到布布路幾人對鐵網內部充滿了好奇，一個工作人員嚴肅地提醒道，「翡冷翠是擁有自主權的禁區，一旦擅自進入，遇到任何問題，都無法得到怪物大師管理協會的救援，因此絕對不要踏入鐵網內！」

　　「明白了。」

　　事實上，布布路他們根本沒時間將心中的胡思亂想化為行動，因為接下來的幾天裏，他們馬不停蹄地投入到難民營的工作中：安撫難民的情緒，為傷者治療，登記難民信息，幫難民

們打包行李，維護秩序……

時間彷彿怎麼也不夠用，一連數日大家幾乎不眠不休，轉移的前期工作才告一段落。

運輸車隊抵達難民營後，布布路四人跟「生命之星助力會」的志願者們一起，指引和幫助難民們有序地登上運輸車。

「謝謝你們……」最後一批難民終於坐上了車。

布布路四人也回到甲殼蟲裏，準備跟隨運輸車返回北之黎。

終於能稍作休息的四人，朝着戒備森嚴的禁區眺望。

不知道裏面怎麼樣了。布布路的眉頭擰成一個大大的疙瘩，一想到幫助不了裏面的人們，他的心中遺憾不已。

突然，帝奇隨身攜帶的卡卜林毛球「卜林！卜林！卜林卜林卜林！」地怪叫起來。

一聽到這不同尋常的叫聲，帝奇瞬間神色大變。

「帝奇，怎麼了？」賽琳娜關心地問。

「這是雷頓家族的緊急求救信號，只有在發生危及生命的險情時，才會被用來聯繫距離最近的家族成員。根據隱藏在卡卜林毛球叫聲中的定位信息，這個緊急求救信號來自──」帝奇陰鬱地抬起頭，鋒利如箭的目光彷彿要將遠處那片高大無邊的禁區的鐵網刺穿。

「翡冷翠境內！」

消失的柏木林

「你們先跟隨運輸車回北之黎，我去去就來。」帝奇從甲殼蟲上一躍而下，沒等三個同伴反應過來，便疾速朝着翡冷翠的方向跑去。

帝奇不會是打算獨闖禁區吧？

護送難民的怪物大師小隊有數支，即便少了布布路他們，難民們也能安全到達北之黎。布布路三人互看了一眼，心照不宣地達成了共識。

賽琳娜毫不猶豫地猛打方向盤，掉轉甲殼蟲的車頭，脫離車隊，追上了帝奇。

「你們跟着我幹嗎？」帝奇瞥了三人一眼，並沒有停下腳步。

「帝奇，既然你要去大寶石城，我們當然要和你一起去！」布布路從甲殼蟲裏探出頭，理所當然地表態道。

「誰說我要進翡冷翠了?」帝奇黑着臉說,「我只是打算在鐵網外探查一番。」

「帝奇,咱們認識那麼長時間了,我還不清楚你心裏的小算盤嗎?」餃子似笑非笑地揭穿了他蹩腳的謊話,「更何況,若只是在鐵網外探查一番,你用得着把一打五星鏢都捏在手裏嗎?」

帝奇尷尬地把五星鏢往衣服裏藏了藏,但馬上意識到這麼做不過是掩耳盜鈴,於是乾脆保持原樣,沉默前行。

「哈哈,我們去大寶石城找雷頓家族的人時,說不定還能順便救出幾個難民呢!」布布路站在甲殼蟲的副駕駛座位上,躍躍欲試地喊道,「衝啊!」

「笨蛋。」帝奇的嘴角悄悄向上翹了翹,流露出了一絲不易察覺的感動。

「別廢話了,趕緊上車!」賽琳娜豎起眉毛,發出了震懾三人的「河東獅吼」。

帝奇縱身一躍,靈活地落到了甲殼蟲後座上。

十幾分鐘後,甲殼蟲穿過一處破損的鐵網,駛入被封鎖的禁區 —— 降神之都翡冷翠。

翡冷翠是一座由諸多小城邦共同組成的聯合城市,被一眾小城邦包圍在中央的,就是希愛黎人神曾經居住的主城。雷頓家族的求救信號,是從距離主城十公里的地方發出來的。

鐵網內的情況果然比外面更為惡劣:傾斜的房屋,殘破的

地面，四處都翻滾着烈焰和硝煙，濃濃的黑煙將所有彰顯生命力的色彩都掩蓋得無影無蹤。

冰冷、痛苦、悲傷、恐懼、絕望……空氣中似乎只剩下無窮無盡的毀滅氣息。幾隻食腐的獅鷲在空中盤旋，彷彿在嘲笑着自相殘殺的人類。

甲殼蟲循着地圖一路前進，越是深入，大家的心情就越沉重，就連一向精力旺盛的布布路也沒出聲。在令人窒息的沉默中，一行人抵達了目的地。按地圖的標識，此處應該是一片柏木林，然而出現在布布路他們眼前的卻是一個巨大的向下凹陷的錐形深坑。別說柏木了，方圓數百米內連一根枯枝、一片殘葉都沒有。

「這深坑應該剛形成不久。」帝奇摸了摸坑邊仍有些發熱的泥土，推斷道。

「我們先沿邊緣搜索！也許坑內還有二次爆炸的危險……」

「那邊有情況！」賽琳娜的話音未落，觀察力敏銳的布布路便發現了深坑對面的異樣，他手搭涼棚向大家彙報，「有一隻好大的龍蚯，但是好像……已經死了！糟了，旁邊的土堆裏面還有人！」

大夥兒聞言急忙趕過去，果然，一隻用於貨運的大型生物已經側翻在地，氣絕身亡，不過不是布布路所認為的龍蚯，而是雷頓家族專屬的黑武地蟒！貨箱門半開着，裏面黑黢黢的，看不分明。

十名雷頓家族的賞金獵人被七零八落地半掩在一旁的土堆裏，更令人震驚的是，這裏面竟然有一個布布路他們所熟悉的身影 —— 繆拉（詳見《怪物大師13：幻惑的荊棘王座》）！這十人全部昏迷不醒，呼吸微弱，彷彿氣管被甚麼東西堵住了似

的，全身的肌肉也在不住地痙攣。

「他們都是雷頓家族中最精銳的賞金獵人，應該是在執行甚麼運送任務的途中遭遇重創。」帝奇緊張地皺起眉頭，頻頻環顧四周，擔心危機尚存。

「一下子撂倒了十名雷頓家族的精銳賞金獵人，是誰這麼神通廣大？又是怎麼做到的呢？」餃子驚訝得連連咂舌。

「繆拉，你沒事吧？」賽琳娜幫助帝奇，一起用甲殼蟲上配備的醫療包給十人注射了強心劑。雖然還未甦醒，但繆拉他們的呼吸和心跳慢慢恢復了正常，脫離生命危險了。

令人驚詫的是，他們身上均沒有明顯的外傷。除了那個深坑以外，現場也沒有其他戰鬥的痕跡，這傷勢彷彿是直接滲透到了身體內部，這到底是怎麼回事？餃子說的神通廣大的人真的存在嗎？帝奇的臉上陰雲密佈。

「布魯布魯！嘎嘎巴巴！」

就在大夥兒困惑不已的時候，一道鐵鏽紅色的影子從布布路身後閃出。四不像突然從金盾棺材裏躥了出來，跳上了半開的貨箱。牠瞪着銅鈴眼，一爪子拍開貨箱門，洞開的貨箱內，靜靜地放着一顆表面佈滿尖刺的巨大金屬球。

帝奇的雙眼猛地閃出一絲警戒的寒光。

「這是甚麼東西啊？」布布路想要湊近細看。

「別過去！」賽琳娜臉色煞白地一把拉住布布路。

餃子滲出一頭冷汗，聲音發顫地低呼道：「天哪！這……這……這不會是個銀水炮彈吧？」

新世界冒險奇談
第二站 STEP.02

致命武器
MONSTER MASTER 21

不合規矩的任務

「甚麼?這是銀水炮彈?」布布路難以置信地舉起握緊的右拳示意,「可是科娜洛導師給我們看的銀水炮彈明明就這麼點大啊!」

之前上課時,科娜洛導師曾向他們展示過銀水炮彈的等比模型——

那是一個拳頭大小的金屬球,表面覆滿尖刺,就像一隻

蜷縮成團的小刺蝟。

科娜洛導師無比慎重地解釋道：「別看銀水炮彈貌不驚人，一旦拔掉它的引信，頃刻間就會爆炸，波及範圍可達方圓五百米，威力是同體積的爆破晶石的數十倍。更可怕的是，銀水炮彈的填充材料裏，含有一種煉金術的產物——銀水，銀水分子的體積小到讓人無法察覺。在爆炸的一瞬間，它們會通過球體表面的那些尖刺上的微小孔洞，以水汽的狀態急速擴散，侵入周圍數公里的空氣中，人吸入後將瞬間毒發身亡。」

「到底是哪個瘋子製造了一個巨型銀水炮彈？！一個拳頭大小的銀水炮彈就擁有很可怕的殺傷力了，眼前的這一個比成年人都高，如果爆炸了，估計能把翡冷翠的土城都炸平！布布路，趕緊把四不像抓回來！」餃子心有餘悸地拍了拍胸口，對布布路說。

賽琳娜看了看裝有銀水炮彈的貨箱，憂心忡忡地揣測道：「根據目前的情況推斷，雷頓家族的十人團此次來翡冷翠，極有可能是負責押運這個疑似銀水炮彈的武器，遇襲也極有可能與此有關。但若對方的目標是銀水炮彈，十人團被撂倒，黑武地蟒也氣絕而亡，最貴重的武器怎麼會完好無損地保留在貨箱裏呢？」

「也許銀水炮彈不止一顆……柏木林的消失和巨坑是爭奪銀水炮彈時造成的……」餃子話沒說完又自我否定道，「不對，如果是銀水炮彈造成的，繆拉他們斷然不可能存活到現在，我

們也不可能安然無恙。還有，如果對方明知貨箱內是這種易爆的致命武器，應該會事先準備好運送工具，更不會使用這種粗暴的方式搶奪，萬一搶奪過程中引爆了銀水炮彈，豈不是得不償失？眼前的情況實在充滿了矛盾。帝奇，你怎麼看？」

「我們賞金王‧雷頓家族在接受任務時，有兩條不成文的規矩 —— 不參與戰爭，不傷及無辜。」帝奇沉着臉，堅定地說，「我相信繆拉他們不會違背家族的信義，不，應該說，任何一個雷頓家族的成員，都絕對不會接受把危險武器運送進戰亂國的任務！」

如果雷頓家族運送的不是致命武器，那麼眼前的狀況是怎麼回事呢？種種證據都對雷頓家族不利，看來只有等繆拉他們甦醒過來，才能提供一些有效的信息了。

餃子單手托着下巴，若有所思地喃喃自語：「我看現在有兩件事尤為迫切 —— 第一，我們先要跟管理協會取得聯繫，讓他們來妥善處理這顆『銀水巨炮』。在他們到來之前，我們必須要守住它，不讓它受到任何衝擊而引起爆炸。第二，跟雷頓家族取得聯繫，搞清楚十人團來翡冷翠的目的，根據具體情況推導出可能的敵人，做好防備工作。但這兩件事都異常困難，因為翡冷翠已經被隔離，我們要怎麼和外界取得聯繫呢？」

正當餃子默默籌劃的時候，一陣聒噪聲響起，瞬間讓餃子的聲調由低轉高，變成了驚恐的尖叫……

「布魯布魯！」

「四不像！哇哇哇！」

　　布布路想要抓住四不像，但四不像正兩眼冒光地看着那件被餃子命名為「銀水巨炮」的武器，就像是看着一顆剛剛出鍋的大芝麻球。

　　布布路小心翼翼地靠近，不料，四不像反將其當成了墊腳石，一腳踩在布布路的臉上，飛躍到了銀水巨炮上。

　　在大家驚恐的注視下，四不像興奮地揚起爪子，猛地拍向了銀水巨炮。

　　咔嚓──

　　泛着冰冷的金屬光澤的炮彈外殼中央，爆開了一道裂縫，伴隨着一陣讓人頭皮發麻的金屬摩擦聲，原本緊緊嵌合在一起的外殼正自動旋開⋯⋯

　　「裂了⋯⋯」布布路一臉無辜地轉頭看向三個同伴，「巨炮⋯⋯裂開了⋯⋯」

　　完了，四不像居然把足以將主城夷為平地的巨型銀水炮彈給拍裂了！

　　空氣凝固，帝奇三人腦中警鈴大作，逃跑恐怕都來不及了。

　　下一刻，貨箱內卻傳出了布布路困惑的聲音：「咦，你是誰？」

　　這是甚麼情況啊？

藏在炮彈裏的男孩

　　原來這顆巨型銀水炮彈只是個徒有其表的空殼，而且內部

還藏了⋯⋯一個人？

　　四不像的一雙銅鈴大的眼睛瞪得溜圓，饒有興趣地打量着銀水巨炮的內部。

　　布布路慌張地跟進來後，發現銀水巨炮的金屬外殼已經像雞蛋般一分為二，黑黝黝的球體內部有一團陰影蠕動着。布布路眯起眼睛，正想要看個仔細，陰影突然探出了頭 ── 居然是一個十歲左右的小男孩！

　　這突然出現的男孩長着一頭柔軟的棕色短捲髮，微捲的睫毛下是一雙朝露般清澈的眼睛，瘦小單薄的身體上罩着一件寬大破舊的粗布衣衫。他彷彿剛剛睡醒似的，矇矓的眼睛茫然地對上了布布路詫異的目光。

　　「你是誰啊？」布布路納悶地盯着這個出現在銀水巨炮中的小男孩，「你為甚麼會在這個球裏？」

　　小男孩嚇得一下子清醒了過來，不安地打量着困惑的布布路和怪叫着的四不像。

　　「說！你是從哪兒來的？和雷頓家族的十位賞金獵人有甚麼關係？」在帝奇的沉聲質問下，小男孩猛地打了個哆嗦，目光中露出明顯的恐懼。

　　「我⋯⋯我叫麥田，家住在距離翡冷翠主城千里之外的一個小山村裏⋯⋯」男孩的聲音發顫，才交代了一句話，就因害怕而說不下去了。

　　看到小男孩畏畏縮縮的模樣，賽琳娜把帝奇擠開，擺出鄰家大姐姐般令人如沐春風的態度，帶着笑容和善地搭話道：「你

好，麥田，我們是來自摩爾本十字基地的怪物大師預備生，你不要怕，我們不會傷害你。既然你的家不在翡冷翠，那你怎麼會出現在這裏呢？你的家人在哪裏？」

在賽琳娜努力散發出的溫柔光環下，麥田的情緒漸漸平復下來，乖乖地如實回答：「媽媽在生我的時候過世了，所以我的家人只有爸爸。」

「昨天傍晚，我一個人在家生火煮飯，突然來了一羣陌生人，為首的那個姐姐說她叫繆拉，還拿出了賞金王·雷頓家族的徽章，我以前聽鄰居家的哥哥提起過雷頓家族，知道他們很厲害。一開始我十分害怕，不知道那麼厲害的人來找我幹甚麼，但是繆拉姐姐他們個個談笑風生，非常友善，我很快就放鬆了下來。」

「繆拉他們說了為甚麼會去你家嗎？」餃子適時地插入提問，引導着麥田講出重點。

「繆拉姐姐說要帶我去翡冷翠主城，終結戰爭！」麥田清澈的眼睛裏閃出一絲耀眼的神采，支支吾吾地答道，「我曾經見過從翡冷翠逃出來的難民，知道戰爭是一件可怕的事，像我這樣渺小的人，根本沒有能力為他們做甚麼。不過，繆拉姐姐他們態度堅定，對我充滿了信任，我從來沒有過這種被人需要的感覺⋯⋯一想到自己能為結束戰爭出一分力，我一下子熱血沸騰起來。然後，我在家裏給爸爸留了張字條，就跟着繆拉姐姐他們出發了！」

「這麼大的事，你就留個字條通知家人，難道不怕他們擔心嗎？這也太莽撞、太草率了！你總要跟你爸爸商量一下呀！」

賽琳娜語氣中帶着一絲教訓的意味，擔心地緊蹙眉頭。

麥田像是被問住了似的，幾次欲言又止，明亮的眼中閃動着淚花，但他用力地眨了眨眼，把眼淚又逼了回去，訥訥地小聲說道：「村裏人都說我是『掃把星』，說我不僅剋死了媽媽，自我出生後，家裏的牧場也是一年比一年慘淡，牲畜都莫名其妙地死光了，牧場也倒閉了。爸爸為了養家，只得常年在外面奔波勞碌，我很少有機會見到他。就算爸爸回到家裏，也是一臉疲憊，很少開口和我說話。我總覺得爸爸不喜歡我，甚至討厭看到我。我就是不想再成為他的負擔，所以才答應來翡冷翠的……而且他在外工作，我也不知道他甚麼時候會回家。」

賽琳娜一怔，臉上的神情由埋怨轉為同情，不由得伸出手摸了摸麥田的頭髮，以示安慰。

「上路後，繆拉姐姐說現在正值戰亂，翡冷翠周邊很不安全，為了保護我，她讓我待在這個大金屬球裏。之後，我喝了繆拉姐姐給的果汁，在球裏糊里糊塗地睡着了，直到剛才被一陣怪叫聲吵醒……對了，繆拉姐姐他們在哪裏？已經到翡冷翠主城了嗎？」麥田眼巴巴地望向布布路他們，等着他們的回答。

看來繆拉的果汁裏摻有安眠劑，再加上被金屬球罩得嚴嚴實實，陷入昏睡的麥田對外界發生的事情一無所知，並不能提供任何線索。

這孩子看起來不像在說謊，可是，說他能終結翡冷翠多年的戰爭……大夥兒目前都沒從他身上看出來這種潛質。但他身上一定隱藏着甚麼重大的祕密，足以讓雷頓家族出動十人精英

團來執行任務，還把他偽裝成致命武器。

「你先從這裏出來吧。」布布路覺得男孩的身世跟自己有幾分相似，親切地伸出手臂，將麥田從空殼中抱了出來。

餃子言簡意賅地做了介紹，又描述了一下發現麥田的經過，指了指昏迷在深坑邊的雷頓家族的十名賞金獵人。

「繆拉姐姐，你醒一醒啊，你沒事吧？」麥田這才發現外面的異狀，跌跌撞撞地跑到繆拉身邊，關切地呼喚着繆拉的名字，又輕輕地推了推她的肩膀。

可是繆拉和其他九人毫無反應，麥田忍不住紅了眼眶，黯然嘀咕道：「我果然是『掃把星』，是我連累他們了……」

帝奇瞥了他一眼，故作淡然地說：「不用過於擔心，他們目前沒有生命危險，我會想辦法聯繫到可靠的組織，把他們救出去的。」

「帝奇，聯繫上『生命之星助力會』的醫生了！而且他們就在翡冷翠境內！」賽琳娜激動地舉起一隻卡卜林毛球，這是科娜洛導師在他們四人執行任務前發給他們緊急聯絡用的，此時竟然有意外收穫。

原來，「生命之星助力會」除了在邊境地區救助難民，還組織了一批怪物大師醫療志願者深入戰亂地區，持中立的立場，為傷員提供不分身份、國籍和種族的無差別人道主義救助。按照「藍星聯合協議」中的戰爭法律，戰爭中的任何一方，都不可以攻擊「生命之星助力會」的志願者和駐紮地點。

太幸運了！帝奇立即從賽琳娜手中接過毛球，報告了坐標

位置，並且詳細描述了傷員的具體狀況，對方表示會儘快趕過來救助雷頓家族的十名成員。

　　放下卡卜林毛球，帝奇的眉頭稍稍舒展了一些，但隨即他又若有所思地看了看沮喪無助的麥田，神情凝重地轉向餃子三人：「身為雷頓家族的一員，在家族成員無法繼續完成任務的情況下，我有責任接替他們完成任務。我決定繼續護送麥田前往翡冷翠主城，你們……」

「我們當然跟你一起去！」三個同伴異口同聲地答道。

　　帝奇暗暗歎了口氣，他很清楚，就算他堅定地拒絕，這三個傢伙還是會執意跟來。與其浪費時間和口舌，不如抓緊時間行動！

全知全曉，怪物大師

十問集 第一期

Q01 布布路參加的那一屆摩爾本十字基地招生考的主考官是誰？
（提示：趕快閱讀「怪物大師」系列的第一部《穿越時空的怪物果實》，你能在裏面找到正確答案。）

■即時話題■

賽琳娜：帝奇，你想好要怎麼通過這道封鎖用的鐵網了嗎？

帝奇：在想。

布布路：我有個好主意！不如讓四不像吃了這些連在鐵網上的雷晶石吧！

四不像：布魯布魯……哼唧！

餃子：我覺得牠不願意……呃？居然在吃了！當我剛剛沒說──天哪，救命！

一陣劈里啪啦的電光自四不像的口中衝出。

餃子：嗚，布布路你出的甚麼餿主意！咱們就算各憑本事越過這道鐵網，也不用一次性遭受這種彷彿直接被雷劈成渣渣的傷害吧！幸好大姐頭油門踩得及時，直接撞破鐵網進去了，也幸好大姐頭駕駛技術高超，躲過了這場好像雷暴一樣的電光球攻擊！

布布路：對不起，是我沒有考慮周全。

四不像：布魯布魯……呸！呸！呸！

餃子：布布路，你的怪物甚麼意思？為甚麼一直朝我吐口水？

布布路：牠說你是愚蠢的人類，牠不吐雷光球把地上的爆破晶石都給炸沒了，你才會被炸成渣渣呢！

餃子：那也太小看我的本事了吧！我有天眼，會看不到埋在地下的那些小玩意兒？……天哪，我承認你的怪物是大爺，牠說甚麼都對，別再朝我吐口水了，要不然我從今天起多一個「恐水」的毛病了！

四不像：布魯，布魯布魯，呸！

餃子：牠又說甚麼了？

布布路：牠說，有天眼也躲不過牠的口水，果然是愚蠢的人類！

餃子：……

完成這個測試後，可以判定自己對於怪物大師的背景知識是否瞭如指掌。測試答案就在第二十一部的243頁，不要錯過啦！

這是成為怪物大師的必經之路！！！

一定是相當專業的怪物大師迷！

這是給讀者的Quiz任務！能順利解答初登場的十問集，

MONSTER MASTER

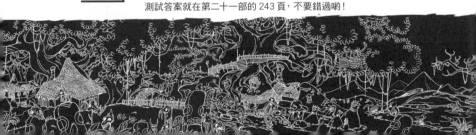

異境的迷夢深淵

MONSTER MASTER 21

新世界冒險奇談

第三站 STEP.03

炮火紛飛，突入主城

MONSTER MASTER 21

遭遇伏擊

在成功聯繫上「生命之星助力會」的志願者，妥善安排了雷頓家族的十名成員後，帝奇決定繼續執行家族成員的任務——護送麥田前往翡冷翠主城。

「那我們就趕緊出發吧！」布布路早已躍躍欲試。

「布魯！」四不像也怪叫着附和。牠發現空殼炮彈中裝的是麥田後，曾興致勃勃地繞着他轉悠了好幾圈，但馬上就失去了興趣。

「慢着！這件事非同小可，在行動之前，我們得捋一捋頭緒，做好萬全準備才行！」餃子一直留意四不像的行動，他對布布路比了個停止的手勢，若有所思地沉吟道，「首先，雷頓家族會大張旗鼓地派出精銳十人團，去護送一個小孩子去翡冷翠主城，可見其重要性。其次，雷頓家族的十名成員遇襲陷入昏迷，柏木林被不知名的可怕力量變成深坑，但敵方撂倒了十名賞金獵人精英，卻沒敢碰銀水巨炮，對銀水巨炮的出現不僅感到意外，顯然也十分忌憚。因此我想，敵方很可能只知道貨箱裏押運着重要物品，卻不知道具體押運的東西是甚麼……」

餃子指着那顆假的銀水炮彈，老謀深算地說：「我想，繆拉讓麥田待在偽裝的銀水巨炮中一定是經過了周密、慎重的考量。我建議繼續沿用繆拉的策略，假裝這顆炮彈就是運送到翡冷翠主城的重要物品，這東西既能起到威懾敵人的作用，又能幫我們分散敵人的注意力。」

布布路三人紛紛點頭同意。

麥田會意地揉了揉痠痛的手腳，笨拙地踩着炮彈外殼上突出的尖刺要往裏面爬。

「麥田你不用進去了，一直窩在這個球體裏面多不舒服啊！」餃子趕緊把麥田拉回到大夥兒的身邊，「你的年齡雖然比我們小幾歲，但身高和以前的帝奇差不多，跟我們走在一起不會顯得特殊，你可以假裝成一個怪物大師預備生，跟着我們一起行動。如果遇到甚麼意外狀況，帝奇或布布路可以頂替你的身份，以做掩護。」

「讓我假裝是怪物大師預備生嗎？」原本心情低落的麥田挺起了胸膛，望着布布路四人的眼神中有止不住的好奇和憧憬。

帝奇指尖嗖嗖地射出一道道雪亮的蛛絲，將裂成兩半的銀水炮彈重新拼合起來，裂紋處黏合得嚴絲合縫，絲毫看不出斷裂的痕跡。

布布路撸起衣袖，「嘿哈」一聲扛起巨大的金屬球，輕輕鬆鬆地放回了貨箱裏，安置妥當。

餃子解開黑武地蟒和貨箱之間的牽引皮繩，將貨箱捆綁到了甲殼蟲的車尾。

賽琳娜帥氣地躍入甲殼蟲的駕駛座，動作老練地發動了車子。

四個預備生迅速而默契地準備就緒，布布路把滿臉膜拜的麥田拉上車。甲殼蟲載着一行五人，朝着翡冷翠的主城疾馳而去。

在駛出化為深坑的柏木林區域後，甲殼蟲又行駛了一段距離，進入一座已經化為廢墟的小鎮的中央廣場時，襲擊突然而至 ——

砰砰砰砰砰砰砰砰！轟轟轟轟轟轟轟轟！

子彈與火炮齊飛！密集的炮彈如雨點般從四面八方向甲殼蟲上的五人襲來！

「小心！狙擊手！」帝奇一邊提醒，一邊狠狠地甩出了一打五星鏢，彈開了幾發足以致命的子彈。

布布路永遠是動手快於動腦，他下意識地將麥田牢牢地護在身下，一枚炮彈在布布路背後的金盾棺材上炸開，產生震懾人心的劇烈顫動。

賽琳娜連續急打方向盤，恰好避過了數枚直奔他們而來的炮彈，但更多的炮彈在甲殼蟲的四周轟然炸裂，爆炸產生的巨大氣浪將甲殼蟲整個掀翻，把五人從車裏甩了出去。

「快！找掩體！」餃子的身體橫着飛出車子，短短幾個字的工夫，灼熱的空氣鑽入喉嚨，帶來焚燒般的痛苦。

滾滾而起的焦黑濃煙中，布布路他們難以判斷敵人埋伏的準確位置，只能就近尋找斷壁殘垣以做掩護。

沉着，脫困的方法

炮彈在耳畔持續炸開，震耳欲聾。更令大夥兒神經緊繃的

是躲在隱蔽位置的狙擊手，彷彿不管他們躲到哪裏，都會有冰冷的子彈精準地追蹤着他們！

若不是布布路四人身經百戰，有着敏銳的直覺和極快的反應速度，他們恐怕早就被炮彈炸成碎片，又被子彈射成篩子了。

即便如此，他們也在這場伏擊中充分感受到了對方武器的威力，麥田更是嚇得瑟瑟發抖。

轟轟轟——

三枚炮彈衝着賽琳娜所在的方位襲來，她當機立斷，召喚出水精靈，但水精靈建立起的防禦水盾雖然能延緩炮彈的速度，但影響不了炮彈爆炸的威力，賽琳娜只能趁機躲到另一截斷牆下。

帝奇屏住呼吸，在廢墟中用蛇形走位躲過數次狙擊後，側身翻入一處民房殘垣斷壁的暗影下。就在剛剛的幾秒鐘裏，他已經默記下了整個區域的地形，憑藉賞金王家族的伏擊經驗和

剛剛朝他射擊的彈道軌跡，帝奇迅速推測出了敵方的最佳狙擊位置。

他探出半個腦袋想要確認，卻恰恰撞上一道冰冷的閃光，對方正對準他射出了一發子彈。

帝奇手中不知何時多了一柄散發着黑色寒光的短刃，他以刃為盾，竟凌空將飛來的子彈削切成兩半。碎裂的子彈彈開，身邊的斷壁上又多了兩個小窟窿。

幾乎是同時，一道金光從帝奇身上躍出，巴巴里金獅赫然出現在帝奇身後。「嗷！」牠的胸腔猛地膨脹一倍，威力巨大的聲波從獅口噴出，獅王咆哮彈的威力一路掃清障礙，直撲遠處小山包上的狙擊手。

轟！狙擊點應聲崩塌，狙擊手也被擊飛。帝奇所在的掩體因為承受不住獅吼的衝擊也淪為一片碎石廢墟。這下子，身形龐大的巴巴里金獅和牠身邊的帝奇成為最大的攻擊目標，眨眼間無數炮彈飛射而來。

偏偏獅王咆哮彈無法連續施放。

「可惡！」帝奇低聲咒罵一句，躍上巴巴里金獅的後背，指揮牠躲閃。

布布路憑藉着野獸般的直覺和本能，拉着麥田躲進了牆根處的死角，這個地方只夠塞進去麥田一個人。布布路熟練地卸下金盾棺材做防禦盾，一時間，就聽到金盾棺材被射擊得砰砰直響。布布路的手臂都被震麻了，但他毫不退縮地頑強死守着……

　　麥田緊緊地貼着布布路的後背，這個剛認識沒多久的怪物大師預備生就像一堵堅實的牆，勇敢地擋在他的前方。麥田因害怕而發抖的同時，也悄悄地流下幾滴感動的眼淚。

　　餃子小心謹慎地觀察着敵方的攻勢，並指引賽琳娜在合適的區域建立水盾牆，給帝奇和布布路提供掩護。

　　這次不同於之前他們遭遇的任何一場戰鬥。以前，他們能明顯感覺到對手的嫉妒、憤怒、惡意乃至殺意。在這裏，他們卻感受不到對方的任何情緒。這些人「無我無欲」，儘管與他們狙擊的對象素未謀面，毫無瓜葛，但他們沒有畏懼，也沒有遲疑。這些人儼然與冰冷堅硬的武器融為了一體，他們毫不猶豫地扣動扳機摧毀目標時，絕不會想到自己和那些被射擊的對象一樣，都是有血有肉的人類。

　　操縱武器的是人類，但人類也是被操縱的。

　　與試煉或其他形式的對抗截然不同，這就是戰爭！這就是戰爭的可怕之處！

　　一想到這兒，餃子不由得背脊發涼。不過，他掃視了一圈後，發現在如此密集的炮火中，甲殼蟲和掛在後面的貨箱卻毫髮無損，所有的攻擊都刻意避開了甲殼蟲和貨物。餃子由此推斷，對方的目標是擊潰他們，搶奪貨箱，但對方應該不知道真正的貨物其實是麥田，否則他們不會連麥田也一起攻擊。

　　餃子計上心來，故作驚恐地叫道：「他們的目標是貨箱！我們把貨箱留給他們！大家快從這裏撤走 ——」

　　帝奇一聽，果斷驅使着巴巴里金獅掉頭奔向貨箱。布布路

也拖着麥田移動到了貨箱的邊上。除了零星幾發暗處射來的子彈，炮火的攻擊逐漸停止了，對方顯然擔心會擊中貨箱。

賽琳娜緊隨餃子也有驚無險地繞到貨箱這裏。

大夥兒以貨箱為中心建立了一圈防禦工事，帝奇抽出匕首，一刀斬斷了甲殼蟲和貨箱之間的牽引繩。

幸好甲殼蟲沒有熄火，大夥兒迅速登上甲殼蟲，賽琳娜猛地一撥方向盤，甲殼蟲原地轉身，迅速繞過貨箱飛馳起來，棄箱而逃。巴巴里金獅化為一道金光，回到了怪物卡中。

果然如餃子所料，敵人沒有追上來。疾馳而去的甲殼蟲上，動態視力驚人的布布路看見焦黑的廢墟中走出很多人，那些人都穿着統一的藍色制服，袖章上印着天使吹響號角的圖案，目標一致地朝着貨箱圍攏過去……

沉默的委託人

經歷了一番折騰後，布布路他們終於在日落前抵達了翡冷翠的主城。

這裏戒備森嚴，建築由戰壕和厚厚的城牆包圍着，外牆上面爬滿灰黑的荊棘，其中不少已經枯死斷裂，猶如無數折斷的骨頭。

城牆每隔一段距離，都有紅底白鴿圖案的旗幟獵獵飄揚，每一個垛口上都擺着護城炮，城牆轉角處還設有箭塔，弓箭手伺機而動。一隊穿着紅黑色制服的士兵在包着鐵皮的城門前來

回巡視，手中的長矛和利劍閃着寒光。

餃子傷腦筋地沉吟道：「科娜洛導師說過，因為戰爭的關係，如今的翡冷翠境內局勢十分複雜，各大勢力不斷吞併、分裂，新的勢力也在不斷崛起，彼此之間的角逐十分激烈。我們還不知道究竟是哪方勢力僱用了賞金獵人。不過，既然委託人讓繆拉他們把麥田護送到主城，想必在主城有一定的勢力，但他們的勢力究竟有多大？實力又有多強？我們該如何找到他們？」

「從剛剛的襲擊來看，敵人的實力一定不容小覷，否則委託人也不會大手筆地僱用雷頓家族的十名賞金獵人精英。換句話說 ——」帝奇目光凌厲，嚴陣以待地盯着城門的方向，「如果我們錯認了委託人，將會非常危險！」

「不知道這些把守城門的士兵究竟是敵是友，我們要如何進城呢？」賽琳娜在距離城門數十米遠的隱蔽位置踩下剎車，她對於目前的狀況也同樣感到棘手。

麥田用不安的目光一一掃過布布路他們，緊張地吞了吞口水。關於到達翡冷翠主城之後他將面對甚麼、能做甚麼，又必須做甚麼，他的使命是甚麼……之前他並沒多想這些問題，這會兒才有了真實感。他全身繃得緊緊的，就像一塊僵硬的石頭。回想起剛才的槍林彈雨，他不禁自我懷疑起來 —— 如此殘酷的戰爭，真的會因為他這樣一個小山村的孩子的到來而發生甚麼變化嗎？

「你們看 ——」一個聲音打斷了麥田翻湧的思緒。

　　布布路眯起眼，手指着遠處的城牆：「有人來了！」

　　話音剛落，只見一個高大魁梧的鎧甲騎士正從城牆的暗影中走出來……大夥兒頓時戒備了起來，一個個面露警惕之色。

　　這個鎧甲騎士就像一隻身披重甲的巨熊，鎧甲似用一種不知名的烏黑金屬鑄造而成，密不透風，彷彿能吸盡籠罩在騎士周身的一切光線，讓騎士完美地融於黑暗之中，讓人無法輕易察覺。

　　此外，騎士在移動的過程中居然沒有發出鎧甲特有的鏗鏘響聲，反而安靜得如沒有波瀾的水面，不僅聽不到一絲輕微的腳步聲，甚至幾乎無法從面罩的呼吸孔中聽到呼吸聲。

　　如果不是鎧甲騎士主動從城牆陰影中走出來，如果不是布布路擁有超凡的視覺和野獸般的敏銳直覺，他們根本沒察覺到騎士的存在。

　　在眾人警戒的注視下，鎧甲騎士以超越想像的飛快速度接近甲殼蟲。他抬起手，亮出一塊刻有金獅圖案的令牌。布布路他們對這個令牌再熟悉不過了，因為這是雷頓家族的徽章，也是僱主的信物。

　　「你就是僱用雷頓家族的委託人？」帝奇謹慎地確認道。

　　鎧甲騎士點點頭，恭敬地彎下腰，做了個「請」的手勢，示意布布路他們跟他走。

　　這人是不會說話，還是不願意說話？還有他那不可思議的呼吸控制術，該不會是個假人吧？

　　餃子悄悄把面具往下拉了拉，額前的天目赫然睜開，然

而他卻無法透視那烏黑的鎧甲，就連天目也無法洞察其中的玄機。

布布路他們面面相覷，疑竇叢生，但還是默契地交換了一下眼神，決定跟上去。

城門前，守衛的士兵一看到鎧甲騎士，紛紛立正敬禮，打開了緊閉的城門。

這些士兵顯然是經過精挑細選的，個個高大魁梧，孔武有力，近看更給人一種強烈的壓迫感。麥田嚇得渾身顫抖，雙腿像篩糠一樣哆嗦，總覺得這些人只用一隻胳膊就能輕鬆將自己提起來。

然而這些精銳士兵卻對鎧甲騎士十分忌憚，恭敬地分立大門兩側，大氣也不敢出。

這個鎧甲騎士的官銜恐怕不小。帝奇心中暗暗琢磨：首先，他們是替代雷頓家族的十名賞金獵人繼續執行任務的，其次，他們沒有攜帶任何貨物在身邊，但是鎧甲騎士對這兩點都沒有表示出任何質疑，那就意味着他知道真正要運送的是麥田，必須確保他安然無恙！

在鎧甲騎士沉默的引領下，大家來到一棟用白色條石建造的宏偉殿堂前。戰場中難得一見的白牆，給人一種格外威嚴、聖潔的感覺，然而仔細看去，外牆和立柱上依稀可見不少蛛網般的裂痕，似乎同樣遭受過炮火的洗禮。

一個身着紅色長袍、長着濃密鬍鬚的中年男人，昂首闊步

地從大殿裏迎了出來，他的眼中放射着熾熱的光芒，激動地衝着麥田行了個致敬的大禮：「尊敬的新一代希愛黎人神，您終於大駕光臨！在下身為福世會的大教司，真是備感榮幸……」

　　甚麼？他們沒聽錯吧？自詡「掃把星」的麥田是新一代希愛黎人神？布布路四人目瞪口呆，腦子嗡的一聲炸了。

異境的迷夢深淵

MONSTER MASTER 21

新世界冒險奇談
第四站 STEP.04

人神再現
MONSTER MASTER 21

至尊權杖的選擇

穿着紅袍的大教司尊稱麥田為新一代的希愛黎人神,不僅布布路他們嘴巴都驚成了 O 形,麥田也是一臉難以置信,傻愣在原地,好半天都回不過神來。

「各位請跟我來!」大教司興奮地將眾人引至大殿入口,迎面是一道宏偉的雙開石門,上面雕刻了無數信徒虔誠朝拜人神的畫面。大教司伸出雙手,按在被設計成凹進去的開關處,只見一道紅光閃過,大門緩緩向兩邊打開⋯⋯

「聖殿做了特殊的安保設計，只有我的掌紋能開啟，平時誰都進不來。畢竟裏面存放着一件能夠認證歷代人神身份的聖物。」說着，大教司恭敬地側身，示意麥田和布布路他們先請。

石門內的空間出乎意料地大，紅色的絲絨地毯從殿門口開始，隆重地一路延展上長長的階梯。階梯的頂端是一張華麗的王座，王座前莊嚴地陳放着一根黃金權杖。權杖被八道鐵鏈鎖住，頂端鑲嵌着一顆耀眼的水晶球，猶如一位王者，居高臨下地俯視着大殿。

「看，這就是至尊權杖！」大教司敬畏地仰視着權杖，向布布路他們介紹道，「自從上一代人神消失後，盤踞在翡冷翠境內的各方勢力都覬覦着這根權杖。或者說，他們更希望這根權杖能從世界上消失，如此一來，他們就可以肆無忌憚地扶持假人神，掌控整個翡冷翠。」

說到這裏，大教司的臉上浮現出自豪的神采，敬重地對麥田說：「十年來，是我們福世會拚死守護着歷代希愛黎人神居住的聖殿，守衞着至尊權杖。由先祖一手創立的福世會，將是您最虔誠的信徒和最英勇的守衞者！」

「我？」麥田尷尬得兩隻手都不知道要放在哪裏才好，驚慌失措地用力搖頭，「我怎麼可能會是人神？您⋯⋯您是不是搞錯了呀？」

「不會錯的！」大教司望向至尊權杖，虔誠地說，「幾天前，至尊權杖上鑲嵌的水晶球突然閃耀出光華，浮現出了一個少年的身影——對，就是您！時隔多年，至尊權杖終於向世人揭示

了新一代人神的面目，神跡終於出現了！我激動得幾乎難以自持，當下就聯絡並委託了雷頓家族去迎接您，並守護您直到順利繼位！」

說着，大教司熱切地捧起麥田的手：「您終於順利來到這裏！事不宜遲，人神的繼位儀式將在明日一早舉行，我代表福世會恭請您繼承尊貴的人神之位。人神不僅是翡冷翠的精神象徵，也關乎着全人類的信仰和救贖，您的出現一定能平息翡冷翠長年的戰亂。」

明天？會不會太快了？帝奇狐疑地瞇了瞇眼睛。

布布路、餃子和賽琳娜也努力消化着大教司所提供的信息，雖然能平息戰亂是件莫大的好事，但事情會如此順利嗎？麥田真的是人神嗎？幾人明白，越是影響重大就越需要慎重，這其中容不得任何差錯。

「不不不，您一定是弄錯了！」麥田慌張極了，用力抽回自己的手，語無倫次地解釋道，「我這樣的人怎麼可能會是人神呢？我甚麼都不會，不給別人添麻煩就很好了，不可能拯救別人啊……」

麥田的話被台階頂端傳來的一陣咔嗒咔嗒的鐵鏈錯動聲打斷了，同時傳來的還有令布布路四人心驚肉跳的「布魯布魯」的怪叫。

糟糕，四不像這隻惹是生非的怪物，不知何時已躥上台階，撲向了至尊權杖。

眾人心一沉，瞬間聯想到了最壞的後果。

不料，四不像的爪子才觸到至尊權杖，權杖就迸射出一道奪目的金光，緊接着聽到四不像怪叫一聲，鐵鏽紅色的身軀像被彈弓發射出的石子一般，猛地被彈到半空中，啪的一聲摔下來，失控地骨碌骨碌滾下長長的階梯，直到撞到布布路的腳才停住。

　　布布路他們目瞪口呆，破壞力驚人的四不像居然也有失手的時候，至尊權杖裏射出的金光是怎麼回事？

　　「至尊權杖是屬於人神的聖物！既然是聖物，自然不容其他人觸碰。」大教司的語氣中帶着明顯的警告意味。

　　「布魯布魯！」四不像當眾出醜，惱怒地咆哮幾聲，但牠識趣地沒有再去碰權杖，而是遷怒於布布路，狠狠地踩了他幾腳，一溜煙地鑽回金盾棺材裏去了。

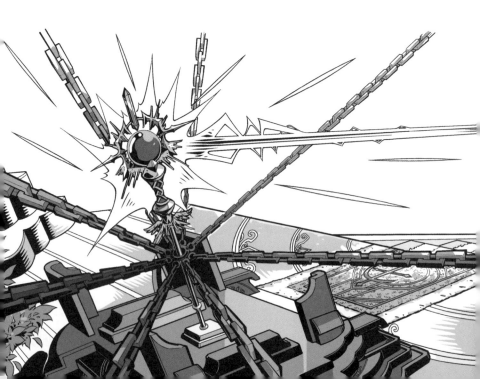

咔咔咔，咔咔咔……

奇怪的是，鎖住權杖的鐵鏈錯動聲沒有平息，反而越來越響，至尊權杖竟然自行顫動起來。

「你們看，神跡出現了！」大教司激動地振臂高呼，「自從上一代人神消失，權杖已經沉寂了十多年，它一定是感應到了新一代人神的到來！」

他又向麥田深深鞠了一躬，虔誠地說道：「無所不能的人神啊，福世會將永遠是您最忠誠的後盾，我等將竭盡全力輔助您！」

大家的目光都集中到麥田身上。麥田的額頭上冒出大顆的冷汗，雙手不知所措地揉搓着衣襬，連連向後退。如果此時有一條地縫，他一定會毫不猶豫地鑽進去。

望着麥田怯懦的樣子，餃子他們心中越發疑惑，這個瘦弱而自卑的少年，真的能擔當起平息戰亂、重建和平的重任嗎？

「福世會」與「天使之家」

許久之後，至尊權杖的震動才漸漸平息，麥田緊張得後背都被汗水濕透了。

大教司對麥田的狀態視若無睹，倒是很重視布布路一行，將他們請到正殿後的貴賓接待室，討論起明日繼位儀式上的安保事宜。

落座後，大教司先是感謝了布布路他們一路的辛勞，不過他也十分疑惑地問：「由於這次任務非同小可，我原本指定了雷頓家族的代理當家尤古卡。不巧的是，聽聞尤古卡正在執行一個重要的單人任務，無法參與這次任務，所以我便同意讓雷頓家族出動一個精英十人團來執行這次任務，為甚麼會換成你們四位少年護送人神進城呢？」

「雷頓家族並沒有違約，十位賞金獵人精英在護送麥田來主城的路上，遭遇了一些意外狀況……」帝奇向大教司出示了自己的家族令牌，簡單說明了情況，介紹了四人的身份，並詢問起他們在城內遭遇的伏擊。

「伏擊你們的那些穿着藍色制服的人來自『天使之家』，是翡冷翠境內的三大勢力之一。如今，翡冷翠境內局勢混亂，各方勢力各自佔山為王，不斷地相互爭鬥、吞併，一個個全都

像禿鷹一樣盤旋在主城周圍，伺機奪取主城。為了保證人神的安全，我把雷頓家族護送人神的任務列為一級機密，與精英十人團商定了要連人神本人都隱瞞住。除此之外，我還想到用銀水巨炮隱藏人神的辦法，沒想到雷頓家族的精英十人團還是遭遇了襲擊……」大教司憂心忡忡地歎息道。

「銀水巨炮雖然極具威懾力，但未免太過招搖……」帝奇忍不住質疑道，「如果要確保人神的安全，為甚麼不使用更低調、不引人注意的偽裝呢？」

「這件事說來話長，」大教司語氣沉重地解釋道，「最近的這場戰爭已經持續了十多年，各方勢力都建立了極為成熟的情報系統，福世會僱用了雷頓家族執行運送任務的消息，很快就洩露了。如果我們使用一般的偽裝物，比如糧食等物資，根本沒必要僱用雷頓家族，這樣不僅會引起敵人的懷疑，更有可能引來難民的哄搶，因此而誤傷了難民就不好了。想來想去，唯有用新款重型武器做偽裝最為穩妥。另外，明天的人神繼位典禮，也是以福世會要公佈新式重型武器為名，邀請了一批媒體參加，到時候再出其不意地將新式武器發佈會改成繼位典禮。」

大教司的考慮十分周全，可惜押運隊伍還是遇襲了，而且繆拉他們遭襲的情況還十分詭異。想到這裏，帝奇目光微凜，沉聲問大教司：「雷頓家十名賞金獵人遇襲，您認為是不是『天使之家』或者城內其他勢力的人所為？」

「整片柏木林變為深坑，精英十人團不明原因地窒息昏

迷……這種手段十分詭譎，以我目前掌握的情報，翡冷翠境內的各股勢力都沒有用過類似的襲擊手法。雷頓家族的名號和實力無人不知、無人不曉，除非知道這次押運的是人神，否則沒人想跟雷頓家族的賞金獵人交手。」大教司頓了頓，面露顧慮地說，「一想到敵人的身份和目的未明，明天又將舉辦重要的繼位儀式，真是令我惶恐不安啊……」

「我會繼續執行雷頓家族的任務，守護人神直到繼位儀式完成。」帝奇斬釘截鐵地承諾道，他的眼神中暗潮湧動 ——

明天的繼位儀式，必是查明繆拉他們遇襲真相的好機會，決不能放過隱藏在暗處的敵人！

令人介意的談話

帝奇決心已定，布布路三人自然與他共進退。

「現在是翡冷翠迎來和平的至關重要的時候，你們四位怪物大師預備生敢於承接如此艱巨的任務，我深表感謝之餘，也十分敬佩你們的勇氣……」大教司激動地大聲宣告，「這位穿黑甲的騎士是我最得力的手下 —— 德諾奇，他雖然個性沉悶，不苟言笑，但為人可靠，實力卓絕，一定能助你們一臂之力。」

說着，大教司轉向一直默默跟從在旁的鎧甲騎士，鄭重其事地吩咐道：「德諾奇，你要緊跟在人神身邊，不惜任何代價確保人神的安全！」

德諾奇點了點頭，作為回應。布布路不禁多看了他兩眼，

總覺得對方剛剛一度將視線集中在了自己身上。

「天色不早了，各位不如先去用餐……」大教司喚來手下，殷勤地招待布布路他們。

德諾奇並未挪動腳步，似乎有甚麼話要跟大教司說。

布布路他們幾人走到半路的時候，賽琳娜突然想起自己的甲殼蟲需要檢修，心急道：「剛剛忘記問大教司了，不知道主城裏有沒有修車師傅能幫忙檢修一下甲殼蟲，我擔心它會報廢。」

「大姐頭，我陪你回去問問。」餃子安撫般地拍了拍賽琳娜的肩膀，轉頭又叮囑道，「布布路、帝奇，你們好好守着麥田，我們問完之後回來找你們。」

「沒問題!」布布路積極地響應道。

餃子和賽琳娜匆匆往回趕,隔着迴廊,他們聽到大教司的聲音時高時低,似乎情緒激動,兩人只能間斷地聽到一些字眼——「問星室」「一定在翡冷翠」「務必找到」……

餃子和賽琳娜一開始沒有在意。當他們拐過走廊,距離大教司和德諾奇只有幾步之遙時,德諾奇突然比了一個手勢,大教司立刻收住了話,警覺地回過頭來,那一瞬間他的眼底閃過一絲掩藏不住的陰鷙。

一見是餃子和賽琳娜,大教司臉色猛然一變,恢復了慈祥的笑容,親切地詢問道:「兩位特地返回,是還有事找我嗎?」

大教司那驟然陰寒的眼神讓餃子心中湧起一股不安,但他只是不動聲色地用手肘碰了碰賽琳娜。賽琳娜立刻接話,擔憂地問:「我的甲殼蟲在衝破『天使之家』的圍攻時,受損嚴重,我想問問城裏有沒有可以維修它的師傅。」

「放心,我會安排人手去維修的。我們有熟練的技師,別說一輛小小的甲殼蟲了,就算是最龐大的陸運交通工具龍蚯,也能在一晚上搞定。」大教司信心滿滿地打了包票。

餃子和賽琳娜對視一眼,兩人同時想到,所謂「熟練的技師」恐怕是維修戰爭工具訓練出來的。福世會能佔領主城,多年來浸淫於權力鬥爭中的大教司也絕不可能是泛泛之輩。只是此時處於翡冷翠的局勢大洗牌的前夜,暗潮湧動,前景並非清晰能辨。除了時刻警惕和關注,他們目前也做不了甚麼。

全知全曉，怪物大師
十問集 第一期

Q02

是誰給布布路的怪物取了「四不像」這個名字？

（提示：趕快閱讀「怪物大師」系列的第一部《穿越時空的怪物果實》，你能在裏面找到正確答案。）

■即時話題■

賽琳娜：布布路，你幹嗎一直盯着至尊權杖，看得眼睛都直了？

布布路：我在想，至尊權杖應該是和光明神之劍一樣，只認一個主人，對吧？

餃子：哎呀，難得布布路你能理解得如此迅速，在我們做出詳細的解釋之前就理解了。沒錯，你從骨槍獸獲得的光明神之劍只認你一個主人，所以只有在你的手裏，它才會發揮作用。同樣，至尊權杖只接受人神，也只有人神才能握住至尊權杖。

大教司：光明神之劍？我好像在哪裏看見過，還是聽到過。德諾奇，你有印象嗎？

德諾奇：在一張通緝……

餃子（匆忙打斷）：啊啊啊！我突然想到一個問題，既然沒有人能接近至尊權杖，那麼十幾年來，它都這樣杵在這裏積灰？

咔咔咔，咔咔咔……鎖住權杖的鐵鏈錯動聲越來越響。

大教司（振臂高呼）：你們看，神跡出現了！自從上一代人神消失，權杖已經沉寂了十多年，它一定是感應到了新一代人神的到來……

布布路：我倒是覺得至尊權杖除了因為人神的出現而激動，還因為餃子說它積灰，所以它不開心了。

其他人：……

完成這個測試後，可以判定自己對於怪物大師的背景知識是否瞭如指掌。測試答案就在第二十一部的243頁，不要錯過嘞！

異境的迷夢深淵

MONSTER MASTER 21

新世界冒險奇談
第五站 STEP.05

暴亂的繼承儀式
MONSTER MASTER 21

深夜裏的勸慰

這一夜，沒有月亮，黑暗比平日裏顯得更為濃重，注定是不平靜的一夜。

睡在人神專屬的房間裏，麥田躺在比平時舒適百倍的牀榻上，卻輾轉反側，難以入眠。

剛剛與帝奇換班守夜的布布路聽到了一陣細微的啜泣聲，是麥田在哭嗎？

布布路偷偷瞥向身旁的德諾奇，他站得如同青松一般筆

直，彷彿不知疲倦為何物。

布布路驚歎於德諾奇的體力和毅力，他和餃子三人是輪班守夜的，而德諾奇整整一個下午都寸步不離地守護着麥田，晚上顯然也不打算休息了。德諾奇看起來十分刻板嚴肅……但就算會被他教訓，布布路還是想確認一下麥田的狀況。

布布路悄悄地把門推開了一道縫，還沒來得及朝裏張望，一道鐵鏽紅色的身影猛地從他背後的棺材裏跳了出來，穿過門縫，直撲麥田所躺的牀榻！

「啊——」

「四不像！」

麥田和布布路同時發出驚呼，麥田被突然鑽進他被窩裏的四不像嚇了一大跳，布布路則為四不像的出格行為大傷腦筋。

德諾奇頓時發出一種強烈的警戒信號，似乎瞬間進入了備戰狀態。

看來即使是盟友，如果對人神做出任何的侵犯行為，也瞬間就會被他列為攻擊對象。

值得慶幸的是，四不像把麥田擠到一邊，霸佔了最中間的牀位後，便呼呼大睡起來，再沒有任何後續動作。

麥田下意識地收住了眼淚，愣愣地看着從四不像的鼻孔裏進進出出的大鼻涕泡。

「四不像就是有點……」布布路尷尬地撓着頭看了看德諾奇，想替四不像解釋，但他突然想起餃子說過「解釋就是掩飾」，於是又轉移話題道，「我去看看麥田！」

　　「麥田，你還好嗎？」布布路以迅雷不及掩耳的速度鑽進了麥田的房間，他實在不擅長跟沉默的人相處。

　　「我，我⋯⋯很好⋯⋯」麥田看到布布路關切的神色，內心深處一陣感動，小聲道，「我還是不明白自己怎麼就成了人神⋯⋯我不僅沒有拯救世人的能力，還會拖累大家，以前是爸爸，後來是繆拉姐姐他們，還有今天⋯⋯遭遇伏擊的時候，我只會躲在你背後瑟瑟發抖。我覺得一定是哪裏搞錯了！如果不及時糾正的話，明天的繼位儀式上，我一定會拖累更多的人⋯⋯」

　　「不管你當不當人神，都要打起精神來。我爺爺說過，老是自怨自艾的話，幸福就會從身邊溜走的！」聽完麥田發自肺腑的表白後，布布路給他鼓勁道。至於人神甚麼的，他實在無

法發表更多的意見了，其實夥伴們私下仍對麥田的人神身份心
存懷疑。

「人神殿下——」

一個沉悶的聲音忽然響起，布布路抬頭一看，不知何時，
德諾奇已經來到了他的身邊。

這是布布路首次聽到他開口說話。因為戴着頭盔，透過面
罩的呼吸孔傳出的聲音有些失真，也聽不出任何語氣，彷彿是
冰冷無情的機械。

「恕我直言，您不必太過擔心。其實身為人神，有沒有拯救
人的能力並不重要，只要有救人的心就行了，因為人神的存在
本身就是一種信仰！而更多的人，只把人神當作一件召喚和平
的工具，只要繼位儀式順利完成，各方勢力都會向新一任的希

愛黎人神臣服，翡冷翠長期的割據局面就能改變，戰爭就可以結束。您之所以願意來翡冷翠，一定是想有所改變吧？想想那些處境兇險的難民吧，您難道不想讓這場戰爭趕緊結束嗎？」

麥田怔住了，眼珠猶疑不定地轉動着，似乎心裏正在經歷一場激烈的鬥爭。

許久之後，麥田像是終於下定了決心，語氣堅定地說：「沒錯，光在腦子裏想是沒用的，如果不邁出一步就無法改變。如果能結束這場可怕的戰爭，那我就好好地當一次工具吧。」

布布路皺着眉，難得地陷入了糾結的思緒中。他總覺得德諾奇把人神當作工具的說法，雖然乍一聽上去挺有道理，但似乎暗藏着一絲不尊重，可他一時間也不知該如何反駁，只能保持沉默。

反對勢力來襲

第二天一大早，布布路一行人在德諾奇的帶領下來到了聖殿。此時大殿內人頭攢動。除了守城的士兵之外，福世會的數百名成員也全部聚集在此。人羣之中，還有受邀來參加「最新武器發佈會」的媒體，他們情緒高漲地交頭接耳，相互交換着有限的情報。

此前，翡冷翠頒佈封鎖令後，藍星上的媒體不管有何背景，都很難深入戰場腹地進行報道，就算有個別記者懷着雄心壯志潛入翡冷翠，也很難做到全身而退，因此世人對於翡冷翠

境內長年累月的戰況並不完全清楚。

這次，福世會突然無視封鎖令，向藍星的各大媒體廣發邀請函。大教司在信函中高調宣稱福世會擁有了舉世無雙的最新武器，將會在短期內結束翡冷翠境內的戰亂，還派遣了一隊精銳士兵前往邊境接送媒體記者，以確保安全。

舉世無雙的最新武器到底是甚麼樣的？在場的人無不翹首以盼，只想即刻看個究竟。

在德諾奇的指示下，布布路四人混入聖殿長階兩旁的人羣中，德諾奇則站到了長階中段的平台上，與大教司分立兩側。

大教司完全沒有昨日昂揚的氣勢，他似乎十分緊張，一臉嚴肅地站得直挺挺的，目光沉沉地望着聖殿大門。

終於，三十二發禮炮在指定的時間齊發，候在大教司身後的司儀邁着莊重的步伐走到聖殿中央，朗聲宣佈：「世間至高無上的希愛黎人神啊！今日福世會終於盼得您的到來，願和平與福澤自此降臨翡冷翠，人神繼位大典現在開始 ——」

司儀的話音剛落，現場騷動四起，媒體全都因為「人神」一詞而激動得如同炸開的滾燙油鍋，他們萬萬沒想到居然抽中了上上籤，能報道這等足以震撼世界的大事件。他們紛紛舉起各種拍攝設備，鏡頭統一對準敞開的大門。

一個身穿莊重紅袍的男孩出現了，在所有人的熱切目光下，他深深地吸了一口氣，目不斜視地注視着長階頂端的至尊權杖 —— 象徵着和平未來的聖物。

一瞬間，整個聖殿從沸騰轉為安靜，所有人的目光都集中

到了麥田的身上。這些目光如同鋒利的箭頭，麥田清晰地感覺到自己藏在長袖中的雙手在發抖，畏懼和緊張正迅速佔領全身的感官。麥田抿着嘴，目光在眾人之間搜尋着，最後落定在布布路他們身上。

不能成為他人的累贅，他要當好「召喚和平的工具」。麥田一邊給自己打氣，一邊勇敢地邁出了腳步。

眾目睽睽之下，面色蒼白的麥田按照事前演練過的那樣，一步步走上長長的階梯。其間，鎂光燈瘋狂閃爍，無數信徒虔誠地默然祈禱。

布布路他們的目光始終牢牢鎖定在麥田身上，生怕他有甚麼閃失。

布布路忍不住低聲給麥田鼓勁道：「加油啊，麥田你很屬

害的，已經走了四分之一……不錯，步子再穩點……還有一半的階梯，馬上就能走完了……」

　　當麥田走到大教司和德諾奇所在的平台時，騷亂還是發生了——

　　殿堂外驟然傳來震天響的爆炸聲，滾滾的黑煙直往聖殿裏冒，地面也被衝擊波震得嗡嗡作響。

　　肅穆的殿堂內，觀禮的人們頓時東倒西歪，混亂不已。

　　「大事不好了！城門被攻破了！」幾名灰頭土臉的衛兵衝了進來，尖聲向大教司報告，「至少有五股勢力聯合起來參與了這次攻城，他們朝着聖殿的方向來了！」

　　透過洞開的殿門，人們在瀰漫的硝煙中看到了數面戰旗，其中最為醒目的兩面大旗上分別寫着「天使之家」和「龍紋騎

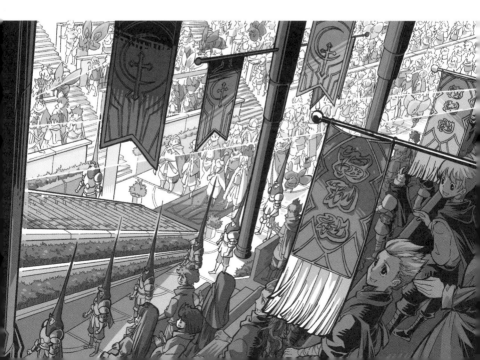

士團」的字樣，那便是和「福世會」實力相當的另外兩大勢力。

獵獵作響的戰旗上，清楚地寫着一行行醒目的口號：

> 福世會扶持冒牌人神繼位，
>
> 此乃逆天之罪。
>
> 吾等義不容辭，結為盟軍，
>
> 合力討伐，替天行道！

台階上的決心

多股勢力結為同盟，一口咬定麥田是冒牌人神，氣勢洶洶地向福世會發起征討。

「昨天大教司不是說，大寶石城裏的各派勢力都是敵對的嗎？現在他們怎麼合起夥來打福世會了？」布布路驚訝不已。

「沒有永遠的敵人，也沒有永遠的同盟。為了權力，敵友立場可以隨時切換！」帝奇鄙夷地冷聲道。

「從前，福世會是至尊權杖的守護者，各派勢力都想要拉攏福世會加入自己的陣營，扶持對自己有利的人成為新人神。」餃子摸着下巴，斟酌道，「而現在，福世會居然要讓一個名不見經傳的小孩當人神，等於將翡冷翠的大權全部掌控在自己手中。其他勢力當然不甘心讓福世會一家獨大，所以就結成同盟，將矛頭一致指向福世會。」

「其實，大教司應該早就預料到了，他昨天反覆對麥田和

我們強調過，不管發生甚麼事，哪怕福世會在聖殿外建立的防線被全部突破，哪怕福世會的戰士全部犧牲，麥田也要堅定地走到王座前，在世人面前高舉起至尊權杖。唯有這樣，他才能坐實自己的希愛黎人神的身份，因為只有真正的人神才握得住至尊權杖。相應地，至尊權杖也只會賦予真正的人神以神的智慧和力量！只要麥田能證實自己的身份，其他人就再無理由反對，只能閉嘴簽下和平協定。」

賽琳娜若有所思地說着，憂心忡忡地看向被炮聲嚇得僵在原地的麥田 ——

他，能行嗎？

轟轟轟！

猛烈的轟炸讓大地劇烈地顫動着，灼熱的氣流像數條狂躁的巨龍，從四面八方呼嘯而至。受驚的人羣如被捅了窩的馬蜂，嗡嗡嗡地亂成一團。炮火聲越來越近，每一次爆炸都彷彿要撕碎人的耳膜，聖殿卻沒有受到實質性的損傷。

「別擔心，聖殿特殊的建材還能抵禦一陣子，畢竟裏面加了一種名為『石籠』的怪物皮甲。」帝奇昨日一進聖殿，就注意到牆壁與普通材質不同，隱隱透着奇特的網格形紋路，此時他幡然醒悟，原來其中添加了特殊材質。

「石龍？」布布路照例無知。

「石籠是一種物質系怪物，」賽琳娜照例科普，「據說升到 A 級後，硬度僅次於 S 級怪物泰坦，在市場上的價格也很昂貴。聖殿的建材中加入了石籠的皮甲後，比頂級的大理石硬度

還高，炮火沒有那麼容易擊穿它！」

還有時間，只要麥田勇敢起來。

「麥田，加油啊！相信自己，你不會拖累任何人，反而會幫助很多人！」布布路不顧一切地放聲大喊道。

怦怦怦！麥田的心臟劇烈跳動着，巨大的恐懼令他渾身發軟，動彈不得。

但布布路的鼓勵如明燈般點亮了他前進的路，他想起了自己昨晚下定的決心，暗暗攥緊拳頭，挪動如篩糠般抖動的雙腿，拼盡全力穩住呼吸，一步一步地繼續向台階上走……

麥田所表現出來的臨危不亂的勇氣，讓聖殿內驚慌失措的人們安定了下來，他們凝神看着年幼的新一代人神登上最後一級台階，來到了至尊權杖前面。

這一刻，所有人引頸期盼，幾乎忘記了聖殿正遭遇恐怖而又密集的轟炸。所有媒體記者的鏡頭鎖定在麥田的手上。只要那隻手能抓住至尊權杖，就意味着這個面色蒼白、其貌不揚的男孩就是真正的新一代希愛黎人神。只要那隻手能抓住至尊權杖，和平就將重新降臨翡冷翠。

異境的迷夢深淵

MONSTER MASTER 21

新世界冒險奇談

第六站 STEP.06

異夢

MONSTER MASTER 21

真假大教司

轟隆隆 ——

關鍵時刻，聖殿之外的防線被攻破了，全副武裝的同盟軍如潮水一般衝進了聖殿，高喊着「替天行道，討伐冒牌人神」的口號，在大殿裏肆意破壞。福世會留守在殿內的衞隊僅剩一隊人馬，激烈抵抗着入侵者，已經無暇顧及那些手無寸鐵的前來觀禮的人和媒體記者。

一時間視線所及之處，子彈亂射，炮聲轟隆，受驚的人們

再度開始逃竄。

　　麥田還在堅持，他離至尊權杖已經只有一步之遙，卻沒有注意到自己已經置身於危險的瞄準鏡之中。

　　「麥田 ——」布布路大喊一聲，想衝上長階，去保護麥田。

　　沒想到，有人比他更快。

　　一個身着紅袍的身影以不可思議的速度閃過，登上了長階頂端。

　　是大教司！他居然一把拉住了麥田，不由分說地朝後殿狂奔。

　　被半拖半抱着狂奔的麥田一臉詫異，喃喃低語道：「我還沒完成繼位儀式……」

幾乎在同時，一道詭異的聲響破空而來，一顆子彈精準地向麥田的後腦射來。

　　子彈的速度太快了，即便是布布路也只能眼睜睜地看着悲劇即將發生──

　　千鈞一髮之際，大教司毫無預兆地伸出手，一隻手摸向一旁的大理石柱，另一隻手護在麥田的腦後，一聲脆響，子彈擊中了大教司的手臂。

　　「啊！」麥田失聲尖叫，擔心地看着大教司。

　　下一秒，那顆子彈卻像是一顆撞到障礙物的玻璃球，詭異地彈開了。

　　布布路長噓了一口氣，幸好大教司機警，麥田才沒事。沒

想到大教司倒是個頗有人情味的傢伙，儘管昨天反覆強調麥田要以拿到至尊權杖為己任，但關鍵時刻，他還是選擇了救人。

就在布布路鬆了口氣的時候，紛亂的人羣擋住了布布路的視線，因此他沒有看到，麥田此時正用一種難以置信的表情望着大教司，突然拚命掙扎起來……

「後殿暫時是安全的，大教司帶着人神從後殿撤離是個正確的選擇。」不知何時，德諾奇已經來到了布布路四人身邊，他沉着地說道，「你們先幫我疏導民眾撤離現場！」

賽琳娜望着被敵人重重封鎖的聖殿大門，急得額頭青筋亂跳：「往哪裏疏導？」

德諾奇二話不說，一拳捶向大殿一側的牆，重達百斤的鎧甲瞬間嵌入牆壁，就聽到轟隆一聲，加入了石籠皮甲的牆體崩裂為碎片。

沒想到連炮火都無法輕易擊穿的牆壁居然被德諾奇輕易就砸出了個大洞。布布路四人看得目瞪口呆，這是何等無與倫比的怪力啊！

帝奇忍不住低聲讚歎：「這個洞的位置開在台階後面，是整座大殿裏最不容易被炮火波及的地方。」

有了疏散通道，四個預備生立即行動起來，鎮定有序地組織、掩護眾人逃離。

突然，布布路在人羣中瞥到了一個熟悉的身影，那人僅穿着一身內襯的白衣，混在眾多身着正裝的平民中，顯得十分突兀。但那人並沒有因為衣着失態而難堪，而是憤怒地在人羣中

横衝直撞，指着後殿的方向激動地大喊大叫。

　　混亂中，布布路隱隱聽到對方在喊：「那傢伙是個冒牌貨！我才是大教司……」

　　布布路下意識地看向長階頂端，這才發現，麥田正在激烈地掙扎，怎奈他勢單力薄，無法擺脫大教司的控制，還被一點點地拖向後殿。

　　麥田身邊有一個大教司，人羣中還有一個穿着內衣的大教司……布布路的眼珠疑惑地左右轉動，哪一個是真的，哪一個是假的？

　　布布路的遲疑只持續了半秒鐘，就轉化成了行動。他一躍而起，踩着攢動的人頭和肩膀，如同蜻蜓點水一般在大殿上空一路飛躍，轉眼就衝上了階梯。

　　布布路判斷，不管哪個大教司是真的，他先把麥田救回到自己身邊最穩妥。

　　就在布布路距離麥田只有一步之遙時，不知從哪裏吹來一股疾風，遮擋了他的去路。那股疾風旋轉着，帶起可怕的氣流，漸漸成形，眨眼間竟然化為一隻巨大的利爪，一把攫住了麥田！

既期待又恐懼的存在

　　「啊！」

　　在極度的恐懼之下，麥田慘叫一聲昏了過去。

　　布布路的心臟狂亂地跳動，那隻驟然而出的風之利爪，是爸爸克勞德·布諾·里維奇的怪物「風隱」的技能！在威爾榭基地，布布路曾親眼見識過風之利爪救走奄奄一息的食尾蛇四天王之一黃泉（詳見《怪物大師14：邪惡暗影中的迷失者》）。

　　風之利爪的出現意味着爸爸就在附近！他在哪裏？布布路心緒大亂，焦急地四下張望找尋，心中既充滿了期待，又摻雜着恐懼。

　　餃子三人也神情大變，食尾蛇組織也插手了翡冷翠的戰亂嗎？難道他們想要破壞來之不易的和平機會？雷頓家族的十名賞金獵人精英遭遇的詭異襲擊，難道也是食尾蛇組織做的？

　　突發狀況令聖殿內更加混亂，翡冷翠施行封鎖令多年，人們未曾見過如此巨大的疾風，還是呈現利爪的形態，緊抓的又是即將繼位的新一代人神，更何況還有媒體記者恐懼地高喊「是邪惡食尾蛇組織在推波助瀾」。他們只覺得期盼已久的和平希望徹底破滅了，紛紛急着逃離聖殿。

　　餃子他們為了維持秩序，保護手無寸鐵的人們而分身乏術，根本來不及趕到布布路身邊。

　　位於長階頂端的布布路大腦一片空白，眼角餘光不經意掃到了奇怪的一幕——

　　死拽着麥田的「大教司」被風之利爪掀起的強大氣浪掀翻在地，剎那間，「大教司」的五官扭曲變化成了另外一個男人的面孔。雖然那變化只持續了眨眼的工夫，又恢復成大教司的臉，但那張轉瞬而逝的臉竟讓布布路覺得十分眼熟。

落入風之利爪中的麥田，彷彿正承受着某種可怕的折磨。即便陷入了昏迷狀態，他的五官仍因痛苦扭曲得幾近猙獰。

不！絕不能讓爸爸抓走麥田！不能讓麥田落入食尾蛇組織！還來得及，趁着風之利爪準備騰空而起的間隙，能夠搶回麥田。

電光石火間，布布路腿腳發力，身體如彈簧般高高躍起，一把抓向麥田垂落的右手。在身體下落的同時，另一隻手胡亂地去抓附近的固定物，防止自己也被風之利爪帶走。

碰到了！他碰到麥田的指尖了 —— 布布路一心都放在麥田身上，絲毫沒注意到自己另一隻手竟然抓向了王座前的至尊權杖。

一瞬間，布布路感覺到一股巨大的力量，有如潰堤的洪流湧過他的身體，向着碰到麥田的指尖匯聚。但是那股力量被某種無形而又強大的屏障抵禦住了，又從布布路的指尖倒湧回來，貫穿了他全身，直抵大腦，將布布路的意識頃刻間吞噬殆盡。

布布路的眼前一片漆黑，他不知道過去了多少時間，也不知道自己身在何處，只隱隱聽到有很多人在激動地呼喊着甚麼，呼喊聲越來越整齊，如同萬道溪流匯聚成海 ——

「人神！」

「人神！」

眼前慢慢亮起來，布布路驚訝地發現，自己竟然端坐在聖殿最高處的王座上，長長的階梯下密密麻麻跪滿了人，每個人

都虔誠地雙手合十，口中唸唸有詞。

　　雖然距離很遠，布布路卻能清楚地聽到每一個人的祈禱，有的人希望夢想成真，有的人希望擺脫厄運……不可思議的是，從他的視角看去，每一個祈禱者周身都籠罩着一層晦暗的濁氣。俯瞰四周，跪滿了祈禱者的大殿，就如同一座被污濁之氣籠罩的暗黑深淵。

　　而端坐高處的布布路，似乎就是那個能夠清除這些濁氣的人神。

　　「我願將我的靈魂和生命奉獻於萬民，我願發誓用我的鮮血與身軀成就一切善行，直至世界終了……」

　　布布路用不屬於他的清冷聲音唸出莊嚴神聖的禱詞，他感

到心中充滿了仁慈博愛的能量，那股能量如同電流滿溢而出，幻化成星辰般的點點光斑。這些光斑像翩翩起舞的蝴蝶般纏繞着正握在他手中的至尊權杖。忽然，星辰泯滅，權杖頂端的水晶石發出如同烈日般奪目的金色光芒。那光芒向空中迸射而出，頓時，人們身上的污濁之氣散盡，變得充滿生機和希望。

　　同時，布布路也注意到，自己握着至尊權杖的手臂悄無聲息地出現了一道道皺紋，光潔的皮膚也迅速變得枯槁、蒼老。

　　布布路疑惑地想抬起手仔細看看，但手臂的力量卻在消失，自己的身體也因衰弱而不住地顫抖，脊背像消融的冰山般坍塌下去。

　　突然，布布路感覺臉上傳來被撕扯的劇痛。

與屋頂一起消失的少年

在一陣尖銳的痛楚中，布布路哇地大喊一聲驚醒過來。

他發現自己躺在大殿的王座之下，賽琳娜正滿臉焦急地抓着他的肩膀，像抖動一塊破布似的用力搖晃着。見布布路總算睜開了眼睛，賽琳娜才鬆了一口氣，放開手。

「臉好痛……」布布路下意識地往臉上摸了摸，發現臉上居然多出好幾道血印子。

「看我做甚麼？」賽琳娜沒好氣地說，「是四不像抓的。」

「布魯布魯，嘎嘎嘎！」四不像在一旁得意地衝布布路齜齜牙，毫無道歉之意。

剛才是怎麼回事？布布路清楚地記得自己在某個瞬間擁有了另一個人的意識，他以人神的視角端坐在王座上，俯視蒼生，為祈禱者們驅逐濁氣。與此同時，他的身體還迅速變得蒼老衰竭……想到這裏，布布路連忙翻來覆去端詳着雙手，皮膚依舊光潔緊繃。

不僅如此，大殿裏也沒有烏泱泱的祈禱者。

難道……是出現幻覺了嗎？布布路遲鈍地巡視着四周，他看到大殿的穹頂時，不由得怔住了——大殿的穹頂不見了！

王座之下，不論是反對勢力還是媒體記者，包括福世會的衞兵和擁護者，所有人都誠惶誠恐地匍匐在地，連大氣都不敢出。

到處都沒有麥田的身影……他被爸爸抓走了嗎？

「麥田！」布布路激動地從地上站起來，卻感到身體一陣發虛，勉強站穩。

「人神和至尊權杖一起，被剛才那股怪風抓走了！」沉寂的人羣中傳來大教司的聲音。

剛才被風隱強勢壓倒在地的「紅袍大教司」也不見了蹤影，說話的是身着白色內襯衣褲的大教司，他絲毫沒有因為不得體的穿着而難堪，而是雙眼發亮，慷慨陳詞：「大家看到了嗎？剛剛發生的一幕，足以證明麥田就是新一代的希愛黎人神！當務之急，是救回被邪惡的食尾蛇組織擄走的希愛黎人神。因為敵人太強大，所以翡冷翠境內的所有勢力必須團結一心才行！」

剛剛還打着「討伐福世會」旗號的各大勢力領導者，態度居然一百八十度大轉彎，紛紛響應大教司的號召，下令讓手下的士兵疏散人羣和記者。

布布路驚訝而又困惑，急切地轉頭問三個同伴：「到底發生了甚麼事情啊？我記得自己夠到了麥田的手，但是……」

賽琳娜皺眉解釋道：「你一隻手抓住麥田時，另一隻手卻抓住了至尊權杖。就像之前四不像被至尊權杖拒絕了那樣，你也被彈飛出去，從半空重重地跌落下來，昏了過去。被鎖住的至尊權杖似乎感應到了新人神的存在，不僅劇烈晃動起來，還盡數崩斷鎖鏈，筆直地飛入麥田手中。抓住至尊權杖的瞬間，麥田周身散發出金色的萬丈光芒！那一刻，所有人都露出了虔誠的目光。當時風之利爪正抓着麥田飛向大殿的穹頂，權杖的

金色光芒刺得我們都睜不開眼睛，只聽到轟的一聲巨響。等到金光退去，我們才發現穹頂已經被摧毀，麥田和至尊權杖也都不知去向。從風之利爪出現到消失，沒有人看到你爸爸克勞德‧布諾‧里維奇和他的怪物風隱。」

賽琳娜說話的時候，帝奇眼神犀利地盯着空洞的穹頂，也不知道在想甚麼。

布布路一聽爸爸的怪物和麥田都不知所終，不禁面露焦急。

「別急，有人追出去了！」餃子像是看穿了布布路的心思，拍了拍他的肩膀，示意他先鎮靜下來，「當時至尊權杖發出的光芒太強了，連我的天目都無法直視，我還被騷亂的人羣擠得

東倒西歪的，德諾奇恰好扶住了我，他說了一句『我去追』就沒影了⋯⋯」

布布路此刻一臉詫異的表情，正是餃子當時的反應。

德諾奇的視線難道沒有受到強光的影響嗎？他去追⋯⋯追的可是超能系 A 級怪物風隱啊！人類怎麼可能追得上這種速度如風的怪物啊？

餃子三人的心中也有同樣的想法：這位鎧甲騎士的實力恐怕遠遠超過他們之前的想像。

全知全曉，怪物大師
十問集 第一期

Q03 最初是誰召喚了雷頓家族的守護怪物——巴巴里金獅？

（提示：趕快閱讀「怪物大師」系列的第十三部《幻惑的荊棘王座》，你能在裏面找到正確答案。）

■即時話題■

餃子：我和你們說呀，大教司的這個手下不簡單！在你們印象中，認識像他這樣擁有怪力的人嗎？

賽琳娜：約翰……他力氣也挺大的，但是，比不過德諾奇。

帝奇：我二哥屬力量型，平心而論，跟德諾奇差了一截。

布布路：那——我說我自己行嗎？雖然，暫時也比不上德諾奇。

其他三人：……

餃子：你們說，大教司到底是從哪裏僱到了他？花了多少盧克啊？

帝奇：據說不高，大概和我們家族這次派出的十個賞金獵人中要價最低的那個差不多。

賽琳娜：可是他的實力也許都不輸繆拉拉姐姐吧？那身密不透風的鎧甲很重的，但是他走路留下的痕跡比我都淺，還有那種極其善於隱藏自己的能力……而且他當機立斷的行動速度更是出人意料！

餃子：沒錯，剛剛聖殿被圍攻時，場面是極度混亂的，我們的怪物又因為聖殿的防禦屏蔽系統而不能立刻被召喚出來，他能在第一時間就把聖殿裏的皮甲牆壁砸出一個大洞，還選的是可撤退的最佳位置。我懷疑，這人是不是個身經百戰的高手？

帝奇：我不知道他是不是個身經百戰的高手，我只知道，大教司給他的佣金很不合理，關於這點，我們應該在適當的時機告知一下德諾奇。

布布路：帝奇，你是不是不喜歡大教司啊？

帝奇：哼！難得也有你不笨的時候。

完成這個測試後，可以判定自己對於怪物大師的背景知識是否瞭如指掌。測試答案就在第二十一部的243頁，不要錯過喲！

這是給讀者的Quiz任務！能順利解答初登場的十問集，一定是相當專業的怪物大師迷！

這是成為怪物大師的必經之路！！！

MONSTER MASTER

異境的迷夢深淵

MONSTER MASTER 21

新世界冒險奇談

第七站 STEP.07

永恆牢

MONSTER MASTER 21

不該出現的面孔

「諸位——」大教司披着一塊不知從哪兒撿來的破爛紅布，匆匆穿過人羣，跑到了布布路他們面前。

「人神被擄，如今生死未卜！雖然境內的各方勢力都不再質疑其身份，但難保在私慾和權力面前沒有二心……考慮到人神的安全，我只能拜託各位盡全力去救回人神！」大教司憂心忡忡地懇求道。

「放心，我們肯定會去救麥田的！他不僅是人神，還是我們

相，只剩下一步之遙了！

「只要我們找到麥田，遲早會跟那個疑似金易傑的人再碰面。」餃子摸着下巴，沉吟道，「目前擺在我們面前的問題是，要怎麼找到麥田呢？」

至尊權杖釋放出的金色強光，令所有人都目眩神迷，失去了方向感。

正當布布路急得抓耳撓腮的時候，身邊傳來帝奇胸有成竹的聲音：「這不是問題，早在護送麥田進城之前，我就在他身上暗藏了追蹤線索！」

傀儡軍團

「我在麥田身上留了一種特殊的氣味，以人類的嗅覺是聞不到的。」在三人充滿期待的注視下，帝奇掏出一個小盒子，放出了一隻背上有着紅色紋路的蜘蛛，解釋道，「這是經過訓練的紅紋蛛，牠們很喜歡那種氣味。」

帝奇話音未落，紅紋蛛已經伸展開八條纖細的步足，目標明確地朝着大殿外爬去。

大家不再多言，趕緊跟上紅紋蛛。

帝奇、餃子和賽琳娜的注意力都落在小小的紅紋蛛身上，誰也沒注意到，一向精力充沛、衝鋒在前的布布路，居然落在了最後，而一貫聒噪不停的四不像也一直窩在棺材裏沒出來。

布布路從沒覺得背上的金盾棺材如此沉重過，彷彿千鈞巨

石，壓得他喘不過氣來。沒走幾步，他腦袋就一陣發暈，腿腳也無力得發軟，但一想到麥田和爸爸，他身體裏就湧起一股力量。靠着一股蠻力，他咬緊牙關，勉強跟上同伴們。

在紅紋蛛的帶領下，布布路四人一路橫穿過主城的中心街區，向城南的郊外方向行進。沿途的民居越來越稀少，到最後只看得到多年的廢墟，一片荒涼，沒有一絲活力。

賽琳娜趕緊掏出一張地圖，這是之前從大教司那裏拿來的翡冷翠最新地圖，上面詳細標註出每一塊區域所屬的勢力。從地圖上可以看到，主城為福世會的勢力範圍，然而唯獨他們現在置身的這一小片城南郊區，沒有塗抹上代表福世會的紅色，更準確地說，這裏沒有塗上代表任何一方勢力的顏色。在五顏六色的標註中，單單這一小塊空白的區域，顯得格外突兀。

賽琳娜狐疑地凝視着地圖，正準備說些甚麼，帝奇突然比了個手勢，示意大夥兒安靜。

寂靜中，廢墟裏傳來異響，彷彿是無數爬蟲騷動的聲音。

大夥兒立刻嚴陣以待，只見許多大大小小的人影，如鬼魅一般鑽出廢墟，步履蹣跚地朝着布布路他們聚攏過來。

這些人渾身沾滿黑色的焦土，就像還沒來得及捏好的泥偶，幾乎分辨不出面目和五官，邊走邊唸唸有詞 ——

「不能去！不能去永恆牢⋯⋯去了就再也回不來了⋯⋯不要去⋯⋯」

永恆牢？餃子三人的耳朵才捕捉到這三個關鍵字，便已陷入重重包圍中，無數隻污濁的手從四面八方伸了過來⋯⋯

嗖嗖嗖！

帝奇面色一凜，瞬時數根銀針從他的指間射出，朝那些人刺去。

餃子連忙甩動長辮，抽向那些銀針，急吼道：「你瘋了嗎？居然攻擊平民！」

賽琳娜大驚失色，儘管餃子的反應足夠迅捷果斷，但依然沒能阻攔下全部銀針，有一根準確地刺中了其中一人，對方猛地一頭栽倒在地。

不好！帝奇的銀針造成的傷害絕對不容小覷！

餃子和賽琳娜想上前查看對方的傷勢，沒想到帝奇再次甩出更多暗器，冷冷地反問道：「你們看清楚了，這些是平民嗎？」

只見那個被刺中的人竟然搖搖晃晃地站了起來，插着銀針的位置正簌簌地掉落大塊的焦土，土塊剝落位置並沒有露出

人類的髮膚和身體，依然是黑得駭人的焦土。

「難道這是一羣被操控的土偶傀儡？！它們想要阻止我們繼續前進！」餃子猛然醒悟，再看帝奇發起第二輪攻勢之後，從土偶身上掉落了更多的土塊，他尷尬地清了清嗓子，一本正經地說道，「要我說，布布路作為我們之中有着野獸般的敏銳嗅覺的傢伙，都沒能識破這些土偶，說明 —— 嗯，一定是這些土偶製作得太精良了，所以我才沒有在第一時間識破真相！」

餃子一邊施展古武術擊倒越聚越多的土偶，一邊不停念叨。然而，被他點名的布布路竟然罕見地毫無回應。

但大家實在顧不上這個小細節，兩側撲過來的土偶越來越多，它們發出魔咒一般的呢喃，很快就在四個預備生四周形成了一堵「焦土牆」。

威猛，一擊突破

帝奇在前打頭陣，賽琳娜和餃子分顧左右，布布路殿後。轉眼之間，他們儘管打倒了難以計數的土偶傀儡，卻沒能向前移動太長距離，那隻紅紋蛛也早就爬得沒影了。

餃子環顧四周，被擊碎倒地的土偶沒多久就會再度聚攏起來，自行恢復原狀，捲土重來。因此，就算土偶的攻擊力並不強，但在數量上的優勢依舊讓人很傷腦筋。

餃子抱怨道：「再這樣耗下去，先耗盡體能的是我們，到時連退都退不出去……」餃子利落地擊飛一羣土偶後，心中已有了主意，扭頭朝布布路大喊，「布布路，你用金盾棺材在前面開路，我們要用最快的速度一路突圍！」

「哦……」布布路頭暈目眩地應付着從後方撲來的土偶，只覺得身體一陣陣發寒，

每出一拳都要使出渾身的力氣，他雖然聽見了餃子說的每一個字，卻遲遲沒反應過來究竟是甚麼意思。

衝在最前方的帝奇飛快地朝後瞥了一眼，他早就覺得哪裏不對勁了，現在豁然明白過來：這次戰鬥的喧鬧程度不同以往，布布路這傢伙怎麼會變得如此安靜？

不能再繼續耽擱了，帝奇當機立斷地召喚出巴巴里金獅。

「嗷——」

巴巴里金獅一聲怒嘯，射出威力強勁的獅王咆哮彈，不僅將阻擋在前面的土偶包圍圈完全衝垮，無數碎裂的焦土也都被席捲遠去——這下子，焦土想要重新聚合成土偶，恐怕沒那麼容易了。

「走！」帝奇低喝一聲，四人跟在巴巴里金獅身後一路狂奔。

「哎呀呀，帝奇，你也太衝動了吧？」餃子邊跑邊哀叫，「巴巴里金獅鬧出這麼大的動靜，分明是向敵人暴露我們的存在，

這下打草驚蛇了！」

　　帝奇無視餃子的牢騷，目光銳利地四下巡視，突然鎖定不遠處一個移動的紅點……找到了，是紅紋蛛！

　　紅紋蛛邁着八條腿，不緊不慢地爬進一座恢宏的古代建築。帝奇瞇眼打量這座固若金湯的建築，背後傳來了賽琳娜警惕的聲音：「警告，絕對不可踏入城南廢墟中的永恆牢！」

異境的迷夢深淵
MONSTER MASTER 21

新世界冒險奇談
第八站 STEP.08
可怕的銀水陷阱
MONSTER MASTER 21

堅定的心願

聽到賽琳娜的話，帝奇猛一回頭，賽琳娜正指着地圖上一塊米粒大小的文字備註。

「永恆牢？」餃子摸着下巴，若有所思地沉吟，「我好像聽說過這個名字，只是一時想不起來了。不過，剛剛那些土偶傀儡極力阻撓我們踏入永恆牢，說一旦去了就再也回不來了，看來這地方挺不妙……」

「我去探路，你們留下照顧布布路。」帝奇看向一直沉默

無語的布布路。

「天哪，布布路，你沒事吧？」賽琳娜聞言納悶地看向布布路，不禁嚇了一大跳。平時總是神采奕奕的布布路居然面如死灰，眼神渙散，彷彿隨時都會昏睡過去。

「糟糕，他怎麼變成這副模樣？該不會是被至尊權杖彈飛的時候，受了甚麼嚴重的內傷吧？」餃子不安地猜測。

布布路怔怔地環視三個同伴的臉，但視線飄來蕩去，完全沒法聚焦。他只感覺自己的頭越來越重，某種未知的東西似乎在他的大腦中蠢蠢欲動，要破殼而出……

「人神……我夢到了人神……所有人都在祈禱，我想努力去完成大家的心願，可我快死了……快死了……」布布路如夢囈般喃喃自語。

餃子三人對他說的話一頭霧水。

賽琳娜摸摸布布路的額頭，皺眉道：「他發燒了！」

「都燒到說胡話了，看來很嚴重。」餃子擔憂地摩挲着下巴，不經意瞥見帝奇神色嚴肅，一副打算獨闖永恆牢的架勢，連忙攔住了他，「永恆牢裏面的情況不明，我和你一起進去，相互有個照應。至於布布路 —— 就麻煩大姐頭留在這裏照顧他了！」

「好，那就分頭行動，我會保護布布路的安全，你們倆也小心，發現不對勁就趕快逃，別頭腦發熱地正面迎戰！」賽琳娜不放心地叮囑道。

留在這裏？分頭行動？意思是⋯⋯我見不到爸爸了嗎？

「不！」布布路竭力喚醒模糊的意識，強撐着站直身子，聲音虛弱地堅持道，「我要進去，找到爸爸⋯⋯親自問清楚當年的真相！」

在布布路內心深處，最在意的就是有關爸爸的事，就連他最初來到摩爾本十字基地參加怪物大師預備生招生考，也是追尋着爸爸的腳步。一直以來，他最大的心願就是揭開當年那次機密任務的真相，向世人證明爸爸的清白。現在，真相終於露出了冰山一角，哪怕前方是刀山火海，布布路也不會退縮和放棄的。

作為跟布布路無數次同生共死的同伴，餃子三人心照不宣地互看一眼。此時，他們要做的不是勸阻布布路，而是成為他的助力，不論前方等待着他的是好事還是劫難，他們都要共同面對。

「那就一起進去吧！」帝奇簡短地說完，一馬當先地向那座古建築跑去。

賽琳娜和餃子一左一右扶住布布路，緊跟在後。

一進入半敞着的古建築大門，帝奇的臉上頓時浮現出警惕的神情——

有問題！積着厚厚灰塵的地面上，居然一個腳印都沒有，四周的牆壁上，卻有着無數道令人觸目驚心的深深爪痕！

無法逃脱的牢籠

是怪物風隱留下的爪痕！克勞德・布諾・里維奇果然帶着麥田進入了這裏！但兩人卻連一個腳印也沒留下，這其中有甚麼緣由嗎？

一瞬間，帝奇的內心產生了一種非常不好的預感。

餃子掃了一眼古建築內的情況，裏面的空間很開闊，陳舊的一樓大廳深處擺放着無數空置的巨大牢籠，自天花板懸掛下來的鐵籠子裏面裝着各種各樣的生物標本，地上積滿了灰塵。

「不知道德諾奇有沒有追到這裏，但目前並沒有發現他留下的任何蛛絲馬跡，說不定他追蹤失敗了。」

就在餃子喃喃自語的時候，大家的眼前驟然一暗，只見門窗上全都降下了厚重的石板，所有的出入口都被嚴嚴實實地封

死了。

　　讓人措手不及的是，如此厚重的石板落下竟然沒有發出一絲聲音，可見建築設計之精妙。

　　「不好，是機關啟動了！我們被困住了！」賽琳娜掏出照明用的晶石，照亮黑暗的空間。

　　大夥兒眼前一亮，驚異地發現地面龜裂的縫隙間，開始滲出一股股泛着銀色金屬光澤的奇怪液體。

　　那液體有些黏稠，就像攤開的漿糊一般，無聲無息地在地面上擴張漫延。

「啊！」餃子猛地一拍頭，如臨大敵地發出一聲低呼，「我想起來了，『永恆牢』是傳說中不亞於錮魔城的地方，或者說是更甚於錮魔城的地方！」

甚麼？居然還有更甚於錮魔城的地方？布布路迷迷糊糊地撐着眼皮。

眾所周知，錮魔城是怪物大師管理協會和藍星數個大國一起建造的監獄，用來關押窮兇極惡的犯人，被稱為「無法逃脫的監獄」。若要更甚於它⋯⋯那該是怎樣的一個地方啊？！

「據我所知，歷史上有些國家或地區曾祕密私設監獄，裏面關押的是不願或不能公之於眾的犯人。永恆牢就是其中的一種私設監獄，裏面設置了各種置人於死地的陷阱，這裏與其說是關押犯人的地方，不如說是處決犯人的地方！一旦進入永恆牢，就絕對無法活着離開，因此才得名『永恆牢』。」餃子說着，被狐狸面具遮住的額頭上滲出一顆顆豆大的冷汗，「我早該想到的⋯⋯剛剛遇到的那些土偶傀儡就是傳說中永恆牢的守衛。土偶對普通人起到警告和阻止作用，對試圖劫獄的人，起到拖延時間的防範作用。即使劫獄者能衝破土偶的防線，踏上這裏的地面，也會引發機關，同樣會丟掉性命。不管是犯人還是劫獄者，絕不可能從永恆牢密佈的陷阱中全身而退。」

「你怎麼對永恆牢了解得這麼清楚？」賽琳娜看了一眼餃子，這可不是一般書上會記載的知識。

「因為⋯⋯」餃子嗓音一沉，「塔拉斯也曾借鑒『永恆牢』

的概念，建立過一個國家監獄，在塔拉斯的永恆牢裏面根本沒安置任何牢籠，因為犯人被送進去就不可能再活着……不過，現在已經被我哥哥廢除了。」

餃子的話讓大家內心湧起的不安疾速加劇。

連人神所在的翡冷翠也有這樣的私設監獄，難道如今永恆牢還在運轉嗎？為甚麼布諾要把麥田抓來這裏？難道他想……處決人神？

一個接一個尖銳的問題，將四人心中的困惑和隱憂化為一陣陣的波瀾，但眼前他們正遭遇莫大的危險——

「小心，這些應該都是『銀水』！」賽琳娜猛然察覺到了源源不斷湧出地面的銀色液體的真面目，「銀水炮彈裏面裝的是汽化的銀水，能對人體造成嚴重的傷害。液體狀態下銀水的毒性更強。另外，液態的銀水密度要比水高十倍，如果被液態銀水淹沒的話，會直接凝固成一個人形雕塑！」

「還是能永久保存的那種……嘶！」餃子倒抽着冷氣，手指向前方。

其他人順勢看去，在不遠處的地面上，那隻引路的紅紋蛛已經完全被包裹在銀水中。銀水一接觸到活物就急劇凝固，紅紋蛛連抽搐都沒來得及，頃刻間就變成了一尊毫無生氣的「蜘蛛銀塑」。

大夥兒頓覺汗毛倒豎，此時，除了他們站立的那塊地方之外，四周正逐漸被漫延的銀水吞噬……

隱蔽的安全路線

帝奇犀利的目光轉向身後被封閉的大門，手中亮出了怪物卡。

「不行，就算你召喚巴巴里金獅也起不了作用！」賽琳娜立刻揚手阻止道，「我觀察過了，這裏的建材中也加入了石籠的皮甲。從牆壁呈現出的網格紋路清晰程度來看，這裏很可能完全是用石籠的皮甲建造而成！石籠的皮甲不僅具備超乎尋常的硬度，還有特殊的韌度，如果用獅王咆哮彈去攻擊封門石，可能會被反彈，在建築裏胡亂彈跳並炸裂。恐怕等不到封門石被破壞，我們就會先被捲入咆哮彈中！」

不能破門而逃，唯一的出路就只有繼續往上走了！

帝奇的視線再度飛快地掃過四周，他暗暗揣度起來：這裏層高極高，兩層相當於正常五六層樓的高度，一層和二層之間並沒有相連的樓梯……以布布路的狀態恐怕無法沿着牆壁裂縫往上爬，就算其他人能助力，攀爬過程中若觸發機關，反應不及，就會直接掉入銀水之中，不是上策。而考慮到使用怪物能力的情況，藤條妖妖就算將藤條伸到最長也無法觸及二層的高度，巴巴里金獅則需要通過強力的氣流推動牠騰空躍起，如今遍地銀水和機關也制約了牠的發揮……看來要從「銀水極刑地」脫困並沒有那麼簡單。

餃子和賽琳娜對視一眼，顯然也和帝奇的看法一致。

不斷上湧的銀水像一隻淌着銀色涎水的怪獸，不知饜足地

侵吞着一層的空間，安全區域越來越小，如果再想不出辦法，等待他們的結局將會很可怕！

「對不起……」布布路因高燒而渾身泛紅發燙，他疲倦地眯着眼，低聲呢喃，彷彿是因為自己的堅持讓大家陷入危機而內疚。

「這裏環境特殊，怎樣才能在不觸發機關的情況下，上到二層呢？」賽琳娜的眉頭擰出了疙瘩。

「有辦法了！」帝奇突然露出了勝券在握的笑容，「你們有沒有發現，德諾奇已經給我們留下了答案？」

帝奇說着朝角落裏成直角的兩面牆壁甩出數根蛛絲，蛛絲的前端綁着五星飛鏢，只聽一陣鏗鏗鏗的脆響，飛鏢從下至上，居然悉數釘入了石籠皮甲製成的牆壁中，在牆壁之間形成了一道縱橫交錯的「蛛絲階梯」。

餃子和賽琳娜定睛一看，發現了端倪：原來帝奇所釘入五星鏢的位置，統統是風之利爪留下的爪痕！而在這些爪痕中殘留着一些烏黑的金屬剮蹭痕跡 —— 是德諾奇身着的黑色鎧甲的殘留物！這些難以覺察的痕跡一路向上，最後消失在數十米的高處……那裏有個凹進去的走廊入口，由於位置太高，光線又暗，所以要發現它並不容易。

「風之利爪破壞了石籠牆壁的堅硬度，德諾奇再順着爪痕爬上去，我才有機會把五星鏢釘進牆壁……難怪地面上看不見德諾奇的腳印，沒想到他居然能找出這樣一條安全路線！」帝奇眯了眯眼，對德諾奇的實力有了新的評估。

如果布布路的身體狀況良好，他們可以輕鬆順着德諾奇留下的這條安全路線攀上去，但現在布布路的體力極差，寸步難行，銀水的致命威脅又迫在眉睫……

　　「看來接下來的問題就是如何把布布路，尤其是他的金盾棺材弄上去了。」餃子托着下巴說。

　　「我發射的蛛絲韌性十足，承受大家的體重不是問題。我先行探路，看看二層有甚麼。餃子再帶着藤條妖妖上來，一段一段把布布路往上拉。考慮到金盾棺材過重，大姐頭在下面讓水精靈用強力水柱從下往上噴，給金盾棺材一個推力。」帝奇當機立斷地縱身一躍，藤條妖妖乖巧地趴在餃子的背上，兩人腳步輕盈地順着蛛絲往上攀爬。

每走一段路，餃子和賽琳娜就配合着將布布路送上去。

布布路難受極了，全身的力量彷彿都被抽走了，他雙腿發軟，意識也模糊起來，但他仍然咬緊牙關堅持着，艱難地支撐着自己的身體，不斷挑戰着自己的身體極限。

爸爸……一定要見到爸爸！如果不是這個信念支撐着他，他恐怕早就扛不住了。

每一秒對於他來說都異常漫長，這樣過了幾分鐘，按照帝奇的安排，大家終於有驚無險地進入了二層走廊。

此時，一層大廳的銀水已經將僅存的最後一點地面徹底吞噬。

全知全曉，怪物大師
十問集 第一期

Q04 賽琳娜體內的水之牙的上一任主人是誰？

（提示：趕快閱讀「怪物大師」系列的第九部《遠古巨獸的斷齒迷蹤》，你能在裏面找到正確答案。）

■即時話題■

餃子： 如果外出執行任務，只能隨身攜帶一樣東西，你們會選甚麼？我先說，我一定是選狐狸面具的。

布布路： 我選爺爺給我的棺材。

賽琳娜： 嗯……有點難選。我的話，還是選盧克吧，到時候缺甚麼買甚麼。

餃子： 沒想到大姐頭居然給出這麼智慧的答案。要不是狐狸面具是我的人設標誌丟不得，那盧克就是我的第一選擇。對了，帝奇，你還沒回答呢。

帝奇： 我選蛛絲。

餃子： 居然不是你們家族徽章標記的暗器？有雷頓家族徽章的五星鏢在黑市的價格可是普通五星鏢的上百倍，仔細想想，是比盧克還經濟又實用的選擇。

帝奇： 俗氣。我使用的蛛絲上雖然沒有家徽，卻也只有我們雷頓家族在使用。它的柔韌性很強，又鋒利如刀刃，承重力比粗它十倍的專業登山繩還要強上十倍。它在黑市的價格比我的五星鏢貴百倍。

餃子： 媽呀，這麼貴，剛剛還被我們踩在腳下……呃，我得說，我也是用過絲線中的奢侈品的人了！

完成這個測試後，可以判定自己對於怪物大師的背景知識是否瞭如指掌。測試答案就在第二十一部的243頁，不要錯過啦！

這是給讀者的Quiz任務！能順利解答初登場的十問集，一定是相當專業的怪物大師迷！這是成為怪物大師的必經之路！！！

MONSTER MASTER

異境的迷夢深淵

MONSTER MASTER 21

新世界冒險奇談
第九站 STEP.09

令人生疑的追蹤者
MONSTER MASTER 21

浮雕走廊

　　幾人好不容易脫困，布布路的情況卻讓大家的心再度提到了嗓子眼 —— 他燒得更嚴重了，眼神迷離，整個人搖搖晃晃，連站都站不穩了，餃子和帝奇只好一左一右地架住他。

　　四個預備生站在二層的走廊裏，謹慎地向內望去，走廊朝兩側延伸，看不到盡頭。最引人注目的是，牆壁上佈滿了泛着金屬光澤的圖騰浮雕，讓人眼花繚亂。

　　這些浮雕造型複雜，連綿不絕，恍若一整幅敘事畫卷，彷

佛是在描述着甚麼內容，但不管他們如何仔細查看，也實在看不出其中的名堂。

布布路感覺自己每一腳都彷彿踩在棉花上，要不是被兩邊的同伴支撐着，他簡直寸步難行。

布布路昏昏沉沉地睜開眼，視線中走廊兩側牆壁上的圖騰浮雕忽而清晰，忽而模糊，似乎扭曲變形着朝他傾倒過來。冥冥之中，彷彿有一隻看不見的巨手攫住了布布路的意識，用力將他拖入一個幻夢之中……

他又回到了之前的那個夢境中嗎？不對，這一次布布路不再是那個受世人膜拜的垂老人神，而是變成了一個充滿生命力的少女！

布布路發現自己正伏在堆滿各種古籍的案頭，用一雙細嫩而又白皙的手迅速地翻閱書頁，有些古籍中使用的並非藍星通用的文字，但布布路依舊能讀懂。

一股難以形容的激蕩情緒在他的內心洶湧澎湃，令他孜孜不倦地查閱着甚麼。與此同時，還有某種晦暗不明的緊迫感伴隨這股情緒迅速滋生……布布路分不清這感覺來自少女本身，還是他潛意識裏對這個少女的認知。

布布路來不及深究，突然，他快速翻動書頁的動作停住了。原來，他發現了一張夾在古老手抄本中的泛黃羊皮紙，羊皮紙上寫着「雲圖閣」三個字。

找到了！巨大的喜悅充盈在少女心頭，布布路在感同身受之餘，迫切地想要看清楚羊皮紙上記載的內容……但這時，額

頭傳來冰涼的感覺，布布路猛地打了個激靈，一下子醒了過來。

流血的牆壁

「布布路，你還好嗎？」賽琳娜正用包着冰塊的手帕冷敷布布路燒得發燙的額頭。

一旁的水精靈把小嘴張成 O 形，小心翼翼地吐出小方冰，賽琳娜很快又為布布路額頭上的冰包更換了冰塊。

布布路迷迷糊糊地點點頭，他想說自己沒事，但是動了動嘴脣，甚麼聲音都沒發出來。他太疲倦了，只能眯着眼，努力維持最後一絲清醒的意識。

在賽琳娜照顧布布路的時候，餃子和帝奇在走廊裏探路，尋找追蹤麥田的線索。

餃子全神貫注地順着牆壁上的浮雕摸索，他總覺得其中隱藏着重要的信息。走着走着，他突然在地上發現了甚麼，停住了腳步，沉聲道：「你們有沒有發現，跟一層不同，二層留下了明顯的腳印？而且……這些腳印還透露出非同尋常的信息！」

餃子難以置信的語氣，將其他人也吸引過來。

帝奇已經巡視完了一圈，心中也有了類似的推論，他蹲下身來，冷靜地分析道：「嗯，這個輪廓清晰的腳印應該是身穿鎧甲的德諾奇留下的，同時還有另外一大一小兩行都是右腳的腳印。這兩行腳印邊緣更加模糊，穿的應該都是易磨損的布鞋，但根據腳印的覆蓋先後可以判斷這兩個人是跟隨在德諾奇後

面的。奇怪的是，跟蹤德諾奇的兩個人竟然都只留下了一行單足的腳印。」

「這未免太古怪了！」餃子怔怔地盯着灰塵中的幾行腳印，狐狸面具底下的兩道眉毛皺了起來，「難道有人是以金雞獨立的姿勢，單腳跳着往前走路的？那也太可笑了吧！」

「在這種佈滿機關的地方單腳走路追蹤德諾奇？！」賽琳娜的腦海中不由自主地想像着兩個用單腳走路的詭異身影，冷汗直冒地說，「這種傢伙究竟是從哪裏冒出來的啊？」

「能在不觸動永恆牢的機關的情況下上到二層，足以證明這兩個人不是泛泛之輩。目前我們還不知道他們是敵是友，究竟有何目的，但若不能揪出這兩個身法詭異的人，對接下來營救麥田將是個隱患！」帝奇目光犀利地附和道。他心中隱隱有些擔憂：襲擊雷頓家族精英團的人還沒找到，說不定這兩個人

就與此有關！如果遇到擁有這種能力的人，免不了要有一場惡戰，憑他們幾人想救回麥田，着實沒有把握。

「唉——」餃子向下看了看，幽幽地歎了口氣，「銀水還在不斷地上漲，看樣子會淹沒整座建築，完成對所有人的『處刑』！」

「我們不能再停留在這裏了，跟着腳印去前邊看看吧！」帝奇召喚出巴巴里金獅，馱着意識模糊的布布路，一行人循着德諾奇和那兩行古怪的腳印，向走廊深處摸索着前進。

「我們對這裏的環境完全不熟悉，大家加倍小心才是！」賽琳娜不安地叮囑道。

走廊越走越寬闊，從行進的路線來看，走廊的走向呈弧形。當四周開闊得如同一座大廳時，走在最前面的帝奇停下了腳步，前方是個封閉空間，走廊兩邊的浮雕在這裏連接了

起來，德諾奇的腳印和另外兩行單足的腳印也在此處憑空消失了。

放眼望去，覆滿形態詭異的圖騰浮雕的牆壁一覽無餘，沒有任何可以藏身的地方，他們去哪兒了呢？

所有的線索都突然中斷了！寂靜之中，大家的呼吸因緊張而變得急促起來。

餃子拉下面具，屏氣凝神使用天眼來觀測，但這古怪的圖騰牆壁竟然連天眼也無法看透。明明顏色不同，但牆面隱隱泛出的金屬光澤似乎與德諾奇的盔甲有着某種相似的成分，這種前所未見的材質似乎影響了餃子天眼的透視能力。

布布路的額頭燙得幾乎能煎蛋，皮膚就像煮熟的螃蟹一樣赤紅，他氣若游絲地趴在巴巴里金獅背上，眼皮艱難地睜開一條縫，迷迷糊糊地掃視牆壁上的那些圖騰浮雕⋯⋯

不對勁！這些浮雕不應該是這樣的，大腦中隱隱有個聲音響起。

緊接着，布布路模糊的視線中慢慢浮現出一組全新的浮雕圖案，那些圖案跟牆壁上的浮雕重合在一起，二者之間差異立現。

布布路虛弱地抬起手，顫抖着指向一處浮雕，聲音嘶啞地說：「那裏⋯⋯有問題⋯⋯」

三個同伴順勢看去，帝奇的眼中霍然迸射出一道凌厲的光芒，手起刀落間，一把鋒利的飛刀嗖地刺向布布路所指之處。

噹！飛刀被堅硬的牆壁彈開，掉落在地。

但被刀刃劃過的牆壁上，竟然緩緩地滲出一道鮮紅的血流……

不同尋常的傷疤

牆壁竟然流血了！

下一瞬間，讓餃子他們更為震驚的事發生了！牆壁上被飛刀擊中的浮雕居然動了起來，漸現出一個人形輪廓。不對，那不是浮雕，而是一個將自己偽裝成浮雕的人！

然而大夥兒還沒來得及看清楚，那身影一閃，似乎打算再次隱藏到繁複雜亂的浮雕之中。

「水精靈，冰封！」賽琳娜飛快地反應過來，一聲令下，水精靈噴吐出長長的水柱，一路凍結，將那人四周的退路封鎖了起來。

但帝奇眼尖地注意到冰封根本無法阻擋對方，那人的一隻腳竟然融入冰中，似乎跟冰面融為了一體。這難道是……帝奇豁然頓悟，甩出了蛛絲，在那人逃遁的一瞬間將他五花大綁，猛一施力，將他拖到了大夥兒面前。

餃子和賽琳娜警惕地護住布布路，擺出戰鬥的架勢。沒想到，對方居然爽快地高舉雙手，一副束手就擒的模樣。

這個人……

上下打量了對方一番後，餃子三人的心裏都產生了一種極不舒服的感覺——

這個人的脖子上有一圈讓人觸目驚心的紅色疤痕，透過那身破爛的衣袍，還可以看到他的手臂、後背乃至腿上，也有數條猙獰而又醜陋的傷疤，就如同被數條深紅蜈蚣纏繞，被傷疤分割開的皮膚顏色深淺不一，彷彿是一幅拙劣的拼布作品……

最令人感到不尋常的是，這個人的兩隻腳不僅有着明顯的大小差別，腳踝以下還都是右腳的形狀，也不知是天生畸形，還是別的甚麼原因，餃子三人只覺渾身雞皮疙瘩直冒。

但這些都不是最重要的，最重要的是當他轉過身來，那張令人感覺眼熟的臉！

布布路之前說過，他看到冒充大教司的那個人曾短暫地變化成金易傑的臉。

　　他果然沒看錯！眼前的這張臉 —— 高高的眉骨、尖尖的下巴，相貌和金貝克導師相似極了。對比在金貝克導師辦公桌上看到過的兩兄弟合照，雖然略顯滄桑，但不論是五官還是輪廓，這個人都跟金易傑一模一樣！

　　金易傑，居然真的還活着？！

新世界冒險奇談

第十站 STEP.10

咸岸
MONSTER MASTER 21

意外的身份

　　賽琳娜和帝奇聯手抓住了潛藏在牆壁浮雕中的人。原來並沒有兩個金雞獨立的人在跟蹤德諾奇，自始至終只有這一個「天賦異稟」的人！更令人驚詫不已的是，這個人竟然是十多年前應該被布布路的父親克勞德‧布諾‧里維奇奪走生命的怪物大師──金易傑。

　　「你……你是金易傑？你……你還活着？」巨大的震驚令賽琳娜說話都不利索了。

布布路更是心情激動，他的頭昏昏沉沉的，渾身像被抽掉了骨頭似的無力，但是唯有心跳無法抑制地越來越快。

「金易傑……是誰？」面對大家震驚的表情和脫口而出的名字，那人卻一臉困惑，連連搖頭道，「你們肯定是認錯人了。」

「別撒謊！我們可清清楚楚記得你的長相！」賽琳娜驚恐交加地緊蹙眉頭，高聲說道。

「我真的不是……我可是第一次聽說這個名字！」那人矢口否認。

「既然你不承認自己是金易傑，那你究竟是誰？為甚麼要冒充福世會的大教司強行拉走麥田？又為甚麼要跟蹤德諾奇，追進這座永恆牢裏？」一聽對方否認，餃子立刻發起連番追問，大有不搞明白真相誓不罷休的架勢。

看到那張有着詭異笑容的狐狸面具咄咄逼人地靠近，對方下意識地想要往後退，但帝奇抓着蛛絲的手緊了緊，他只得僵硬地杵在原地，急切地低喊道：「我叫咸岸，是麥田的父親！冒充大教司，是為了救我的兒子！」

甚麼？這人是麥田的父親？可他明明長得跟金易傑一模一樣啊！布布路艱難地豎起耳朵。

「難道你像盜用大教司的臉一樣盜用了金易傑的臉？」餃子狐疑地問。

「不，」自稱咸岸的人誠懇地答道，「這是我自己的臉，千真萬確！」

「那你有沒有姓金的親戚？住在北之黎……」餃子不死心

地繼續盤問，話說到一半，就被帝奇冷颼颼的眼神打斷。

帝奇警惕地盯着咸岸，戒備地質問道：「你說自己是麥田的父親，如何證明？」

「聽着，我發誓真的不認識你們說的那個人，更沒有姓金的親戚！我們家世代生活在距離翡冷翠千里之外的小山村裏，麥田是第十代單傳的獨子。若不是回家時看到了麥田留下的字條，我絕不會不遠千里趕來翡冷翠的主城！」咸岸瞪着一雙泛着血絲的眼睛，難掩疲憊地解釋說，「翡冷翠境內戰爭不斷，各個勢力之間關係複雜，麥田留言說來接他的人是雷頓家族的賞金獵人……當下我就有了不好的預感，想着一定要找到麥田問個清楚。我一路追尋、探查，趕到主城，發現麥田已經被福世會嚴加看守了起來，不論我如何哀求、解釋，守衛都不肯放我進去找麥田。情急之下，我不得不使用自己的怪物能力躲過守衛，潛入了福世會……」

「你有怪物？你也是怪物大師？」趁着咸岸喘口氣的間隙，餃子抓住重點詢問道。

「準確地說，我是一名因為身體原因而退休的怪物大師……」咸岸點頭的同時，有東西在他的衣袍下蠕動，那東西從衣領口探出了一個小小的白色三角形腦袋，對着餃子他們吐着紅色的芯子，發出嘶嘶的聲響……牠扭動着細長的身體，好似一個五彩斑斕的項圈般盤在咸岸的脖子上。

「卡普阿斯！」賽琳娜一眼認出這隻長着白色腦袋和斑斕身體的蛇形怪物。

　　她記得在《怪物圖鑒》上看到過，卡普阿斯是超能系怪物，具有對固態物體「擬態」的偽裝能力。難怪咸岸能藏匿於牆壁的浮雕之中，並彈飛帝奇扔出的飛刀，僅受刮傷，這都是因為怪物的能力讓他不僅能從形象上擬態，還獲得了浮雕牆的物理屬性。

　　帝奇露出了「果然如此」的表情，餃子和賽琳娜也頓時明白過來，之前在人神繼位儀式上，咸岸冒充大教司，用手臂為麥田擋住了致命的子彈，也是相同的原理：他一隻手接觸了聖殿裏含有石籠皮甲成分的石柱後，利用怪物的能力讓另一隻手臂擬態成石柱，具有石籠皮甲的物理屬性，當然可以輕鬆抵禦子彈！

野心家

　　「是的，牠是我的怪物卡普阿斯。」咸岸坦承道，「我潛入福世會後，打探到麥田居然被認定為新一代人神，真是嚇壞了！他只是一個單純又膽小的孩子，怎麼會一夜之間就成了人神？我擔心極了，想着必須要搞清楚事情的真相，於是摸索着找到了大教司的房間，原本是想要私下和他談談，結果卻在大教司的房間裏發現了一道暗門，暗門後竟藏着大教司的巨大野心 —— 一個被稱為『奪世計劃』的陰謀！」

　　餃子和賽琳娜飛快地交換眼神，不約而同地想到之前在大教司臉上看到一閃而過的陰冷表情……難道在慈愛的表面

下，他還隱藏着一顆欺世的野心嗎？

「暗門後的密室裏貼滿了關於『奪世計劃』的種種戰略部署、相關人員照片、相關勢力版圖、計劃推進表格……我終於明白：大教司根本不是出於結束戰爭的初衷，才這麼積極熱切地尋找新人神，而是打算利用人神掌控整個翡冷翠！他想利用人們對人神的信仰和崇拜，獲得更多的財富和權力，讓翡冷翠重新成為琉方大陸乃至整個藍星的信仰中心！到那時，就算是無上高貴的一方霸主，在人神面前也只能跪地祈禱……只要他能操控人神，就能達到暗中掌控整個藍星的目的！」咸岸說到這裏，面露憤怒，「一想到我自己的孩子會被大教司當成滿足其野心的道具，我就覺得脊背發涼，恨不得立刻帶走麥田。所以，我埋伏在大教司的房間裏，伺機敲暈了他，然後脫下他身

上的長袍，利用卡普阿斯的能力偽裝成了大教司……」

「等等，我記得《怪物圖鑑》上從沒記載過卡普阿斯有完美擬態成另外一個人的能力啊？」賽琳娜忍不住提出疑問。

「《怪物圖鑑》上記載的內容，只能作為參考，實際操作中會有多種可能性。」咸岸毫無保留地詳細解釋道，「我的卡普阿斯是Ａ級怪物，具有可以控制和改變細胞及組織結構的能力，因此我能在一定的時間範圍內變化成任何人的樣子，包括虹膜、指紋、皮膚紋

理、聲音，乃至性別。」

「哇，這能力也太強大了吧？！」賽琳娜完全沉浸在剛剛獲悉的怪物新知識中，感歎道，「原來你不僅假冒了大教司的臉，連他的指紋都複製了，面對一個能開啟聖殿的『大教司』，自然誰都不會懷疑你的身份，所以你才能明目張膽地直接出現在繼位儀式上⋯⋯嘖，這種擬態可以說是天衣無縫了！」

「不，這種擬態並非天衣無縫，在被那道形如爪子的疾風掀翻在地的時候，我和卡普阿斯之間相互連接的精神力都動搖了，以至於在一瞬間暴露了自己的真容。」咸岸搖了搖頭，憂心忡忡地說，「後來，我眼看着麥田被擄走，但由於受到強光的干擾，我不知道麥田被抓去了哪裏。心急如焚之際，我發現那個叫德諾奇的鎧甲騎士毫不猶豫地一路狂奔，彷彿知道麥田的所在，於是就跟着他一路追蹤到這裏，但還是跟丟了。當發現這裏就是傳說中的永恆牢時，我真的擔心極了！尤其想到你們在麥田被抓的時候喊出了食尾蛇的名號，我聽說過這個邪惡的組織，若是麥田落入他們手中，那⋯⋯那就大事不妙了！」

賽琳娜端詳着愁容滿面的咸岸，他說的話與麥田說的話包含的信息基本一致，幾乎聽不出任何破綻，她對他的信任感也不由得增加了，脫口安慰道：「麥田作為人神，身份十分尊貴，食尾蛇應該不會傷害他的。」

「不，我擔心的不是食尾蛇組織會傷害麥田，」咸岸沉重地搖了搖頭，痛心疾首地說，「我真正擔心的是，麥田會被食尾蛇組織利用，成為一件令世人聞之色變的『致命武器』！」

無法控制的破壞力

咸岸的話究竟是甚麼意思？如果食尾蛇組織公然輔佐人神，勢必不被世人承認。在這樣的前提下，麥田怎麼會成為令世人聞之色變的「致命武器」呢？餃子三人面面相覷。

咸岸看穿了他們眼中的困惑，直言道：「雖然難以置信，但是親眼見到了麥田手握至尊權杖，我不得不承認他確實是人神這一事實。可是……我對我的孩子比誰都了解，他沒有人神該具備的慈悲和拯救力量，有的反而是與生俱來的破壞力！」

與生俱來的破壞力？餃子三人的心中同時咯噔了一下。

「嗯……」布布路喉嚨裏發出難受的呻吟，在巴巴里金獅背上失去了意識。

餃子焦急地看看布布路，回憶道：「布布路當時一手抓住麥田，一手抓住至尊權杖，無意中連接了二者，他現在的發燒症狀，莫非就是受到了麥田的影響？」

「這位少年已經很幸運了，」咸岸唏噓道，「至少，他現在還活着。」

「你這話是甚麼意思？麥田是你的孩子，你怎麼會對他有這樣負面的看法？難怪麥田說爸爸不喜歡他，還一直認為自己是家裏的負擔，為此而難過……」賽琳娜環抱雙臂，聲調中帶着一絲不滿。

咸岸愧疚地低垂着頭，沉默了好一會兒才繼續說道：「我的妻子在生下麥田後不久就過世了。一直以來，我都想儘量彌

補麥田缺失的母愛。但是隨着麥田一點點長大，我卻開始對這孩子心生畏懼。因為，我們家牧場總會無緣無故出現一個個大坑，牲畜也總會在沒有任何外傷的情況下，因為原因不明的窒息死去。經過一段時間的觀察，我驚訝地發現，那些離奇的現象都跟麥田有關。

「我逐漸發現，麥田的身體裏有一股可怕的力量，那力量雖然不會傷害他自己，卻會對周圍的環境乃至生命產生無差別的破壞……因為他的破壞力每次都是在無意識的情況下施展出來的，選擇也是隨機的，麥田根本不知情，也沒有任何使用力量的記憶。我不想讓他覺得自己跟別人不一樣，也害怕別人用異樣的眼光看待他，自然也就沒有告訴他真相。後來，我關閉了牧場，離羣索居，再也不飼養牲畜了。我小心翼翼地觀察孩子，拖一天算一天，祈禱他體內的力量有一天會自行消失……這兩年，麥田的破壞力發作的頻率越來越低了，麥田也能獨立照顧自己了，為了維持生計，為了給孩子更好的未來，我選擇了到城鎮去工作，隔一段時間才回家看望麥田一次。

「麥田為此傷心難過，確實是因為我這個父親不稱職。外出工作不只是為了養家糊口，更是一種逃避。除了等待，我不知道該如何正確地引導麥田，他對潛伏在自己身體裏的可怕力量毫無察覺，只覺得身邊的一切異常都是因為自己倒霉而已。每次我回家，他都會可憐巴巴地求我不要再走，還想飼養一些小動物做伴。我只能無情地拒絕這些小小的心願……沒想到這次麥田竟然被人帶到了翡冷翠，還要被擁立為希愛黎人神！

那可不行啊，如果麥田在人多的地方爆發出破壞力，非但不會拯救世人，反而會⋯⋯」

　　咸岸的聲音戛然而止，驚恐和擔憂之情溢於言表，餃子三人越聽心情越沉重，心裏猶如壓着一塊沉甸甸的青石板。麥田想錯了，咸岸並非不疼愛他，只是這一對命運坎坷的父子缺乏坦誠溝通，反倒因為對對方的愛護之心而產生誤解和隔閡，實在令人扼腕歎息。

　　咸岸看了看帝奇，欲言又止。

　　帝奇沒錯過咸岸瞬間的表情變化，了然地問：「雷頓家族的十位賞金獵人陷入原因不明的窒息昏迷，是麥田造成的嗎？」

　　咸岸心情沉重地點點頭，但他馬上繼續開口道：「我向你們保證，麥田絕對不是故意的，他從來沒有害人之心！都是我

的錯！是我一直逃避，才讓事情演變到不可收拾的地步。我不會再逃避了……我不會讓麥田成為人神，更不會讓別人利用我的孩子去滿足其野心！我要救出麥田，帶着他遠遠地離開這裏，去一個不會威脅到任何人的地方……」

說完，咸岸眼神堅定地看向帝奇。

帝奇沉默片刻，抖了抖手指，給咸岸鬆了綁。他的行為釋放出相信咸岸的信號，咸岸也因此鬆了口氣。

「雷頓家族本次所承接的任務是保護人神的安全，我會執行這個任務直到最後。至於那十位賞金獵人，如果你說的是真話，就怪不得任何人，這是在執行任務前沒有充分掌握情報所必須付出的代價。」帝奇擲地有聲地說完，目光投向巴巴里金獅背上的布布路，皺起了眉頭，一臉若有所思的神情，「有一點我覺得很奇怪……據我所知，歷代人神都具有心靈治癒的力量，如果麥田本身的力量具有破壞性，為甚麼至尊權杖還是認可了他的人神身份呢？」

咸岸無法解答帝奇的疑問，只能無奈地搖搖頭，同時也暗暗鬆了口氣。他知道雷頓家族原則性很強，生怕他們怪罪麥田，幸好帝奇的表態不負雷頓家族的名聲。

「麥田之前造成的牲畜離奇死亡的事件中，有沒有發燒、迷糊到不省人事的？」餃子摸了摸布布路滾燙的腦門，問道。

「沒有。」咸岸想了想，非常肯定地說。

布布路現在的狀況到底和麥田有沒有關係呢？如何才能讓他好轉呢？餃子心中又驚又憂，疑竇叢生。

全知全曉，怪物大師

十問集 第一期

Q05 餃子的真名是甚麼？

（提示：趕快閱讀「怪物大師」系列的第十一部《天目族的最後之眼》，你能在裏面找到正確答案。）

■即時話題■

餃子：據我所知，在怪物大師管理協會登記備案過的怪物大師，若非特殊原因，需要至少工作滿十五年，女性年滿六十歲、男性年滿六十五歲，方可申請退休。咸岸大叔，你現在已經退休了？

咸岸（欲言又止）：我……

賽琳娜：我猜，咸岸大叔的身體遭受過重創，因此能夠申請提早退休。記得《怪物大師退休管理條例》的第十一條寫明，如怪物大師本人或者其怪物遭受重大傷殘，在經過管理協會提供的有效治療後，可根據自己的意願申請提前退休，退休金根據其在職年限和貢獻來確定基數。

咸岸：拖著這樣一副傷痕累累的身體，就算繼續當怪物大師，也只會在執行任務時成為被照顧的對象，所以當時我想了想，就還是退了……但在你們看來，我是不是像個逃兵？

帝奇：沒感覺，這是你自己的選擇。

賽琳娜：咸岸大叔，我們都不覺得你是逃兵，相反，作為怪物大師，你會受這麼嚴重的傷，當時一定是拚了命吧？我們應該敬佩你的！

咸岸（依舊欲言又止）：我……謝謝你們。

完成這個測試後，可以判定自己對於怪物大師的背景知識是否瞭如指掌。測試答案就在第二十一部的 243 頁，不要錯過嘍！

這是成為怪物大師的必經之路！！！

這是給讀者的Quiz任務！能順利解答初登場的十問集，一定是相當專業的怪物大師迷！

MONSTER MASTER +LOVED DREAMS+

異境的迷夢深淵

MONSTER MASTER 21

新世界冒險奇談
第十一站 STEP.11

雲圖閣
MONSTER MASTER 21

深淵上的活路

　　嗞嗞 —— 一陣令人頭皮發麻的液體流動聲傳來，銀水漫上來了！

　　「水精靈，冰牆！」賽琳娜如臨大敵，斷然喝令。水精靈搧動薄薄的翅膀，空氣中的水珠凝結成塊，在走廊上立起一堵晶瑩的冰牆。

　　「按二層的距離來推算，銀水上漲速度很快，冰牆恐怕擋不了多久，我們必須趕快離開這裏！」賽琳娜急匆匆地喊道，她

深知氾濫的銀水一旦撞破冰牆，會一下子灌滿整個空間，到時誰也不能倖免於難。

大夥兒環視四周，入眼的是一圈浮雕牆，完全沒有其他出入口。

咸岸的眼中閃過一絲難以捉摸的光芒：「跟我來，我也許知道怎麼離開這裏……」

說着，他快步朝前走去，在一處浮雕牆前停住，舉起雙手用力按向牆壁，一陣錯動聲後，牆壁像一扇滑門一般，自行向一側滑去。

陰寒的氣流撲面湧來，滑開的牆壁外一個數十米寬的深淵赫然在目！在光石的映照下，能夠隱隱看到深淵對面是一堵上不見頂、下不見底的高牆，一直向兩邊延伸，環繞深淵而建。

深淵的下方傳來淙淙的水流聲。

「嘰嘰——」水精靈向主人傳達牠感應探測到的狀況。

「不妙，這深淵下面流動的仍然是銀水！」賽琳娜憂心忡忡地向眾人轉述。

「從建築構造學來看，這個銀水深淵的功能相當於護城河。」餃子摸着下巴推測，又疑惑地扭頭問咸岸，「咸岸大叔，你是怎麼知道這扇暗門的存在的？」

「我也不知道……」咸岸神情古怪地悶聲道，「剛才，我突然產生了一種應該去推動那塊牆壁的直覺，說不清那直覺從何而來……這種直覺給我一種難以表述的恐懼感……」

餃子琢磨着咸岸的話的可信度：「可惜就算開啟了這扇

暗門也無濟於事，往前跨一步就是銀水深淵，我們要如何脫困……啊啊啊啊啊——」

　　餃子話沒說完便發出一聲撕心裂肺的慘叫——帝奇竟然拉着他縱身往下跳！

　　耳畔風聲呼嘯，餃子悲壯地閉上眼睛，內心充滿了怨念。當年報考摩爾本十字基地的時候，他也是這樣被布布路二話不說地拉着跳下珍珠大峽谷，雖然有驚無險，卻也嚇得他半條命都沒了。

　　這次，換成了帝奇！

　　潛意識裏，餃子當然相信帝奇的能力和判斷，但問題是，這小子就不能提前知會一聲，讓他考慮三秒再行動嗎？

　　咔嗒——黑暗中，餃子感覺急速下墜的身體被猛然向上提起，那驚人的力道彷彿讓他每一塊骨頭之間都被拉開了一

般。他霍然睜開眼，發現帝奇抓住了一根垂直於銀水深淵的玄鐵鏈，他也立刻甩出長辮纏在上面。

　　由於玄鐵鏈通體漆黑，在黑暗中幾乎難以用肉眼覺察到。不過，帝奇敏銳地捕捉到了幾處一閃而過的微弱反光 —— 那也是被金屬刮蹭後留下的磨損缺口。跟一樓大廳的狀況一樣，這是德諾奇在攀爬玄鐵鏈時留下的鎧甲刮痕！

　　通過晶石的光照可以大致看清楚，這根玄鐵鏈自下而上貫穿整個深淵。

　　向下，可以看到一塊巨大的乳白色懸浮晶石，以及安裝在上面的鏈條滑輪。他們在以煉金術聞名的赫爾墨一族的居住地，曾經見識過晶石形成的隱石之橋 —— 玄鐵鏈就是以懸浮晶石為固定點。

　　向上，應該也有一塊同樣作為固定點的懸浮晶石，只是被

懸在他們頭頂上方的一個大型吊籃擋住了，因而看不見。

「是個有滑輪裝置的升降機。」帝奇瞇了瞇眼，一邊手腳並用地往上爬，一邊安排接下來的行動，「我們爬上去，找到升降機的操作杆，降下吊籃把其他人接進來。」

「嘁……帝奇你說得輕鬆……你不知道我有恐高症嗎？我……我現在頭暈噁心想吐……」凜冽的氣流自深淵底部席捲上來，玄鐵鏈左右晃悠，深淵中的銀水泛着冷光，餃子用一種淒慘兮兮的哭腔抱怨。

可惜，與餃子一起行動的人是帝奇。

「快爬！」帝奇冷冷地丟下一句，就不再搭理餃子。

望着帝奇迅速遠去的身影，餃子只好抑制住了浮誇表演慾，咬緊牙關往上爬。

夢境延續

此時，布布路被安置在地上，賽琳娜正一臉關切地照看着他。

布布路雙眼緊閉，但臉部表情卻不停變化着，時而痛苦，時而驚奇，時而緊張……似乎正陷在一個詭譎複雜的夢魘裏。

「布……魯……」突然，布布路身旁的棺材裏傳出一聲有氣無力的怪叫。

平日裏張牙舞爪、不可一世的四不像，怎麼會發出如此虛弱的叫聲？

賽琳娜連忙打開棺材，這才發現四不像竟然同樣渾身發燙，四肢無力。難道牠被布布路影響了？可是四不像和其他怪物不一樣，牠明明從來不受主人影響的啊！

「這隻怪物……很稀奇啊！」咸岸驚訝地打量四不像，他從來沒見過這種怪物。

「布魯！」四不像費力地撐開銅鈴眼，對着咸岸不耐煩地怪叫了一聲。

咸岸像是想到了甚麼，眼睛一亮，指着棺材對賽琳娜說：「這棺材是用 S 級怪物泰坦身上的金盾所製成的吧？這隻怪物雖然受到了主人的影響而身體虛弱，但精神狀態明顯比牠的主人好，這極有可能是金盾棺材的原因。如果把布布路也放進棺材裏，說不定能緩解症狀。」

賽琳娜心情複雜地咬緊了嘴脣，咸岸不了解布布路和四不像的關係，但只要能讓布布路有所好轉，倒不妨一試。

得到賽琳娜的同意後，咸岸將布布路放進了金盾棺材。

布布路感覺自己終於從火燒火燎的折磨中解脫了，身體雖然輕鬆很多，然而意識卻仍然深陷在奇怪的夢境之中，那是上一個夢境的延續……

夜色濃重，萬籟俱寂，布布路的意識似乎仍然依附在那個少女身上。她的右手握着至尊權杖，左手拿着那張寫有「雲圖閣」三個字的羊皮紙，步履如飛地穿行在空曠寂靜的街道上。

布布路有種怪異的感覺，四周的景致似曾相識，他很快意

識到，這正是翡冷翠主城的城南郊外。不同之處是，周圍雖然一片荒蕪，但沒有荒涼的廢墟，也沒有攔路的土偶傀儡。

終於，少女在空地中間停下腳步，布布路感覺到他的心臟，不，是少女的心臟異常快速地跳動着，彷彿激動難耐。隨後，她張開嘴，唸出了布布路聽不懂的語言，隨着這詭異的唸誦，荒蕪的土地上緩緩浮現出一個巨大的煉金陣！

煉金陣中央，一棟恢宏的建築猶如一株急速生長的植物，悄然無聲地拔地而起，它的輪廓構造和浮雕花紋讓布布路感覺十分眼熟⋯⋯他驚訝地認出，這座被煉金術隱藏起來的建築居然就是永恆牢！

可是在夢境之中，仰望着永恆牢的少女卻難掩喜悅地說出了另一個名字：「雲圖閣⋯⋯終於找到了！」

少女為甚麼將永恆牢稱為雲圖閣呢？布布路心頭堆滿了困惑，但少女的情緒強烈地感染着他，他滿心期待地跟隨少女的

步伐踏入了雲圖閣的大門。

之前進入永恆牢時，布布路看到只有一部分鐵籠裏裝着生物標本，而在夢境中的雲圖閣裏，各種各樣的生物標本幾乎塞滿了所有的鐵籠，少女對此發出滿足的歎息。

順着少女的視線，布布路發現了去往二層的樓梯 —— 這在之前他看到的永恆牢中是不存在的！少女拾級而上，只見上層的入口處掛着一幅巨大的畫像，畫像中是一個戴着單邊眼鏡的斯文青年，嘴角帶着一抹儒雅的微笑。布布路很想仔細看看，少女卻沒有一絲停頓，迫不及待地向前走去。

進入走廊後，少女的腳步終於放慢，她的目光在浮雕牆壁上流連忘返。通過少女的視角和思緒，布布路突然領會到那些浮雕圖案是某種早已失傳的古宗密語，記錄了雲圖閣的淵源 ——

雲圖閣的主人擅長觀測和研究星辰變化，他認為宇宙中除了藍星之外，還存在着其他具有生命體的星球。它們和藍星一樣閃耀在浩渺的夜空中。而在其他星球上的生命體眼中，藍星也不過是一顆普通的星球。

這個洞悉了宇宙奧秘的人，非常嚮往能夠知曉其他星球的生命奧秘。

恰恰這時，陸續有強大的怪物撕裂空間，從怪物星球來到藍星。

雲圖閣的主人，便是最早注意到這些大怪物存在的人類之一……

解讀到這些信息，布布路感覺到一股難以抑制的興奮感在四肢百骸奔湧，身體止不住發出陣陣戰慄。

但與此同時，耳畔突然傳來幾聲熟悉的驚呼，伴隨着一陣劇烈的搖晃，布布路的意識脫離了少女的身體……

異境的迷夢深淵

MONSTER MASTER 21

新世界冒險奇談

第十二站 STEP.12

十影王路內德

MONSTER MASTER 21

玄 鐵鏈的危機

　　布布路霍然睜開眼，驚訝地發現自己正置身於一個黑暗而狹小的密閉空間裏，一個毛茸茸、熱乎乎的毛團趴在自己身邊，兩隻爪子不安分地抓來抓去。

　　是四不像！布布路的腦子恢復了運轉，他意識到自己躺在金盾棺材裏。

　　布布路小心翼翼地將棺材蓋打開一條縫，向外看去 ——

　　「金易傑」背着金盾棺材，賽琳娜待在一旁，原來他們正

置身於一個吊籃中，吊籃被一根黑色的玄鐵鏈拴着，徐徐向上攀升……

「啊？！」

「完了！」

突然，頭頂上方傳來了帝奇和餃子的驚呼。

嘎啦啦——玄鐵鏈接連傳出刺耳的摩擦聲，吊籃猛地失重下落！

猝不及防的下墜讓賽琳娜和「金易傑」緊緊抓住劇烈搖擺的吊籃邊緣，銀水如巨浪般在吊籃四周起伏濺落……眨眼間，吊籃就要掉進咕嘟咕嘟漫延的銀水深淵中了！

布布路想做些甚麼，四肢卻仍然使不上力氣，只能乾着急。

就在這千鈞一髮之際，一股渾厚的力量透過玄鐵鏈傳來，吊籃不但停止墜落，而且反過來迅速上升。

終於，他們看到了永恆牢第三層的入口。等候已久的餃子和帝奇立刻伸出手臂，將賽琳娜和咸岸都拉了上去。

這時，大家才看清楚，剛剛徒手拉動玄鐵鏈的人，原來是德諾奇！

見他們平安登陸，德諾奇這才鬆開了手，伴隨一聲巨響，吊籃徹底墜入銀水深淵，並迅速沉了下去。

「升降機的開關突然失靈了，我和帝奇合力都拉不住這大鐵鏈，幸好德諾奇及時出現，不然你們真的要變成能永久保存的人像了！」餃子心有餘悸地拍了拍胸口。

　　賽琳娜雙腿發軟，癱坐在地，大口喘着粗氣。因為銀水無法凍結，事發突然，想要召喚水之牙的力量也來不及了，剛剛那一瞬間，她真的覺得死定了。

　　德諾奇的目光一一掃過眾人，最後停在咸岸身上，餃子趕緊開口介紹道：「這是麥田的父親——咸岸大叔，是跟我們一起來救麥田的。」

　　餃子故意繞過咸岸冒充大教司的事，但願德諾奇不會識破。作為大教司的忠誠下屬，德諾奇很可能不會原諒這種冒犯大教司權威的行為，萬一雙方撕破臉，他們將失去德諾奇這個營救麥田的重要幫手。

　　德諾奇沉默地凝視着咸岸，隔着鎧甲面罩，雖

然看不到德諾奇的表情，餃子他們卻從他周身散發出的氣息中，感受到了沉重的壓迫感。

咸岸被德諾奇看得毛骨悚然，一時間，身體如被寒冰凍住般僵直。

詭異的寂靜中，布布路頂着一頭睡得亂糟糟的頭髮，慢吞吞地從咸岸背後的金盾棺材裏冒出來，他睜着一雙佈滿血絲的眼睛，吃力地張開嘴：「這裏是……雲圖閣？」

聽到「雲圖閣」三個字，所有人頓時臉色大變，德諾奇的鎧甲裏也發出了倒吸涼氣的聲音。

傳說中的星雲母圖

所有人都不可思議地盯着布布路，不明白他為甚麼會說出「雲圖閣」這個詞。

「布布路，你好些了嗎？」癱坐在地的賽琳娜意識到布布路恢復了神志，欣喜地跳起來。

「太好了！」餃子激動地抱住他。

「你為甚麼會提到雲圖閣？」鬆了口氣的同時，帝奇沒有忘記剛剛布布路的話。

「在夢境裏……我變成了一個手握至尊權杖的少女……她一直在找雲圖閣……後來，她找到了這裏……」金盾棺材果真起了作用，布布路的氣力有了明顯的恢復，他斷斷續續地向大夥兒講述自己之前深陷的奇怪夢境。

　　眾人聽得瞠目結舌，布布路一向粗線條，對歷史古跡全無興趣，可謂相當孤陋寡聞，憑他的知識儲備是絕不可能知道雲圖閣的。更何況他還言之鑿鑿地說牆壁上的那些浮雕是早已失傳的古宗密語，正因為牆壁上的浮雕圖案與他在幻夢中看到的不一樣，所以他才能指出咸岸的躲藏地……事已至此，由不得餃子他們不信。

　　沒想到他們來到了一個非常不得了的地方！

　　賽琳娜強壓下心頭的震撼，給布布路解釋道：「雲圖閣的主人就是傳說中的十影王之一 —— 路內德。據歷史考證，路內德很可能是跟焰角‧羅倫生活在同一個時代的人，只是成名的時間比焰角‧羅倫晚，但那也是數千年以前的歷史了。

　　「路內德是第一個提出『時空的盡頭存在着怪物星球』理論的人，他認為，怪物星球的生態環境與藍星截然不同，誕生的時間也比藍星早數億年，該星球上存在着人類難以預想的演化之道，是人類無法涉足的未知世界。

　　「在路內德的理論誕生之前，人類一直堅信藍星是唯一的星球，路內德石破天驚的『怪物星球說』理論一經發表，就在全世界引發了軒然大波。當時，人們正漸漸對怪物產生興趣，怪物大師這個職業也剛剛萌芽，但誰也不知道怪物們來自何處。業界對於路內德的學說毀譽參半，激烈的爭論將路內德這個如隱士般默默無聞的學者推上了風口浪尖。

　　「路內德最有名的頭銜是『天體科學家』，同時他也精通生物學、物理學、地理學和世界民俗學等各種學科，被譽為

『會呼吸的百科全書』。跟當代最著名的學者黑鯛不一樣，路內德沒有留下任何一部著作，而是將自己畢生所掌握的知識融會貫通，記載於自製的星雲母圖之上。

「據說，星雲母圖最神奇的地方在於，它完整地標記了藍星所在星系中的所有星球。這些星球以各自的規律穩定運行，藍星只是其中之一。路內德發現每一顆星球都有其與眾不同的『氣場』，倘若有一顆星球發生了變化，哪怕只是非常細微的變化，都會對其他星球產生一連串的『蝴蝶效應』，小則帶來潮汐、天氣變化，大則引發地震和海嘯。」

布布路迷迷糊糊地聽完賽琳娜的長篇大論。

見布布路一如既往地一臉費解，餃子在一旁舉例說明：「打個比方，我們每個人身上也有各自不同的氣場，當你心情愉快或充滿憤怒的時候，即便沒有呈現在臉上，周圍的人也能感應到你散發出的情緒，並為此而調整自己的言行舉止，以維持彼此關

係的融洽。」

「每一顆星球就像是一個人，它們會受到其他星球的影響，也會進行自我調整，以維持整個星系的平衡。路內德打造的星雲母圖可以觀測到星球的氣場變化，並將這種變化通過實時的天空中的雲圖對應展示，當變化的雲圖投射到藍星某處的地理位置上，那就代表着那個地方有異常……通過觀測星雲母圖，可以提前判斷出藍星上的氣候變化，預測即將發生的災難，這套裝置可說是當時最精準的天災預測器！」

「好厲害……原來星雲母圖是用來預測天災的裝置啊！」布布路恍然大悟。

「沒那麼簡單，」帝奇嚴肅地接口，「星雲母圖絕對不僅僅是一套預測天災的系統，如果有效地利用它，將可以左右整個星系的命運！」

布布路愣了愣，說道：「這麼說，要是它落入壞人的手中，後果

會……很不妙?」

「是的,」餃子鄭重其事地點點頭,「不過,據說星雲母圖藏在雲圖閣裏,而隨着路內德的消失,世界上已無人知曉雲圖閣的確切位置,連同星雲母圖也不知所終。不知是該遺憾還是該慶幸,時光流逝,雖然藍星的科技和文明日新月異,發展迅猛,但直到今天,也無人能像路內德那樣參透宇宙的奧祕,複製出星雲母圖。」

「路內德的才華舉世無雙,他的神祕消失也被賦予了濃濃的傳奇色彩,流傳最廣的傳說是認為他去了怪物星球。不管怎麼說,十影王的稱號路內德當之無愧!」賽琳娜充滿憧憬地說。

上古標本陳列室

原來雲圖閣的主人是十影王之一路內德……夢境中,那幅掛在樓梯頂端的青年畫像,是路內德嗎?好可惜,沒有仔細看清楚他的模樣。

就在布布路回憶夢境的時候,餃子托着下巴,喃喃自語:「布布路夢境中的少女究竟是誰?她手握至尊權杖,意味着她也是個人神……既然她要找雲圖閣,那她的目標也許是星雲母圖。布諾把麥田抓來這裏,難道也是為了得到星雲母圖?啊哈,這不就聯繫上了嘛!嘖嘖,我的推理能力怎麼這麼強?!」

說到後來,餃子不免有些興奮起來:「說不定希愛黎人神和星雲母圖之間存在着某種關係,不過,究竟是甚麼樣的關

係呢?」

「不管是甚麼關係,星雲母圖絕不能落入食尾蛇組織的手中,否則不僅藍星會遭殃,還會危及整個星系!」帝奇沉聲道,「當務之急,我們必須儘快把麥田救出來,他一定是這場陰謀中不可或缺的關鍵因素!」

「對了,德諾奇,你不是追着風隱到這裏來的嗎?你有麥田的線索嗎?」賽琳娜突然看向一直沉默的德諾奇。

其他人也紛紛充滿期待地看向他,但德諾奇似乎一直關注着躺在金盾棺材裏的布布路,並沒有回答賽琳娜的問題,而是開口問道:「他怎麼會這樣?」

餃子三人交換了一下眼神,賽琳娜謹慎地告知了布布路自從被至尊權杖彈飛後,一路上高燒不斷、不斷陷入離奇夢境的狀態。

「你的意思是,他是被至尊權杖彈飛後,才發生一系列異常反應的?」德諾奇烏黑的鎧甲遮掩了他的表情,但從反問的語氣中可以聽出他對賽琳娜的話心存疑惑,不過他沒再繼續追問。

布布路支起身體,想感謝德諾奇之前在銀水深淵的救助和此時的關心,然而不知道是不是他的錯覺,德諾奇的目光避開他轉向了咸岸。德諾奇一肩扛起裝着布布路和四不像的金盾棺材,示意大夥兒跟他走:「想知道麥田在哪兒就跟我來。」

布布路默默地打量德諾奇,總覺得他身上有種熟悉的感覺……

通過一段昏暗的走廊，一行人走入一道石門，進入了一個巨大的陳列室。

高高的穹頂，五彩的琉璃窗，室內滿滿當當地堆放着梯田般的古籍，最引人注目的是各種生物的標本。

「和外面鐵籠子裏的生物標本不一樣，這間屋子裏的都是藍星上早已滅絕的古生物！」賽琳娜難掩激動地說，「你們看，居然還有上古時期的植物標本和稀有的天外隕石！這些都是路內德的收藏品嗎？真是太太太太驚人了！」

「哇，這一定值很多錢吧？」餃子摸着下巴盤算。

大家看得眼花繚亂，就在這時，帝奇突然停住了腳步，他的視線被一個巨大的生物標本吸引了。那是一隻灰撲撲的大鳥，看起來栩栩如生，即使一動不動，那對黑亮的鳥瞳，也散發出令人畏懼的寒光。

咦？！它的瞳孔剛才似乎收縮了一下。

帝奇警惕地靠近一步，忽然，他發現大鳥被雙重巨翼掩蓋的一隻爪子下竟然暗藏着一個人——

　　「是麥田！」帝奇一聲驚呼，其他人立刻圍了過來。

　　麥田看起來昏迷不醒，但是手中卻始終緊緊抓着那根至尊權杖。

　　見眾人靠近，剽悍的大鳥標本伸長了蜷縮的脖頸，展開巨翼抖落身上的灰塵，露出了暗藍色的翎毛，氣勢洶洶地抓着麥田騰空而起……

　　天哪，這哪是甚麼標本，分明是布諾那隻令人膽寒的怪物——風隱！

一定是相當專業的怪物大師迷！

這是給讀者的Quiz任務！能順利解答初登場的十問集，

全知全曉，怪物大師
十問集 第一期

Q06 布布路所背的金盾棺材的原料來自甚麼怪物？

（提示：趕快閱讀「怪物大師」系列的第二部《沉睡的泰坦巨人之城》，你能在裏面找到正確答案。）

■即時話題■

賽琳娜：你們看，這種隕石是不是琉石隕星？我記得，書中記載，它蘊含着多種暗物質的熔殼。一般隕石經過大氣層到達藍星後，表面會產生一層微米至毫米級別的玻璃質層，也就是高溫導致隕石表面熔融的熔殼。當隕石在地表存在較長時間後，熔殼就會因風化而消失。但是，琉石隕星的熔殼不僅不會消失，還會在厚度和硬度上發生進化……

餃子：德諾奇，你的鎧甲也是用琉石隕星鍛造的吧？

德諾奇：你怎麼知道的？

餃子：我看着大姐頭手裏的這塊隕石，感覺和我之前見過的你的鎧甲內部一樣。

咸岸：其實，我之前藏身的浮雕牆也是用這種琉石隕星製成的。

餃子：我還想呢，我的天眼怎麼就突然失靈了，原來是冒出了這麼一種剋我天眼的琉石隕星。我覺得，作者應該給我加其他設定了，不然我的能力指數不夠看啊！

帝奇：閉嘴吧，劇情需要，你少抱怨。

餃子：我不，我就想給自己加戲份……作者親爹，你聽到了嗎？

完成這個測試後，可以判定自己對於怪物大師的背景知識是否瞭如指掌。測試答案就在第二十一部的243頁，不要錯過喲！

異境的迷夢深淵

MONSTER MASTER 21

新世界冒險奇談

第十三站 STEP.13

無可匹敵的力量

MONSTER MASTER 21

聯合狙擊

風隱搧動着巨大的翅膀，盤旋着迅速飛到眾人無法企及的高度。

哐噹——窗上的彩色琉璃應聲碎裂，化為一件件鋒利的致命武器，齊齊朝着布布路他們呼嘯而來。

「快散開！」帝奇急吼。

眾人驚覺形勢嚴峻，立時足下發力，各自分開躲避。

帝奇嗖地鑽入展櫃，餃子拉着賽琳娜一起閃到了巨大的鎮

山龍標本後面。德諾奇一個利落的轉身，靠到了掛着數幅古代墨寶的立柱旁。咸岸憂心忡忡地看了一眼被風隱緊抓着的昏迷不醒的麥田，躲到了擺放古籍的陳列架之間。

然而，那些琉璃碎片彷彿長了眼睛似的，居然掉轉方向，分頭朝眾人襲去。

不好！差點忘了風隱可以改變物體的重力，驅動任意物體使其成為攻擊性武器。這間陳列室物品繁雜，簡直太適合風隱發揮了。

大夥兒面色大變，幾乎已經能預見到珍貴的陳列室將毀於一旦。

但出乎意料的情況發生了，碎片兇猛的攻勢居然在即將撞上各種收藏品之前，猛然停止了！下一秒，琉璃碎片變成了五彩斑斕的粉末，彷彿被空氣中無形的力量碾碎了。

難道布諾對風隱下了命令，不許毀壞陳列室裏的藏品？！

大家對視一眼，顯然是想到了一起 —— 面對風隱這樣強大的對手，牠的顧忌或許能成為營救麥田的契機。

餃子探出腦袋，對德諾奇比了個手勢，示意他帶着布布路退到陳列室外面的走廊去，請他務必保護好布布路。餃子又對其他人示意 —— 掩護德諾奇退出去後，聯合咸岸，迂迴包抄。

戰術佈置妥當，德諾奇動作利落地穿梭在收藏品之間，快速退出陳列室。餃子三人和咸岸為了分散風隱的注意力，分別向陳列室的四個方向散開。

風隱搧動翅膀，滯留在半空，牠的周身氣流環繞，一對

犀利發亮的鳥瞳四下巡視，似乎是在評估先朝哪個方向發起攻勢。

「嗚啊 ——」伴隨一聲刺耳的鳥鳴，風聲激蕩。

風隱周身的細密氣流猶如被指引般展開了攻擊 ——

一道氣刃猶如尖銳的響箭襲向帝奇，帝奇毫不猶豫地反手朝那道氣刃甩出一打五星鏢。五星鏢如同一道道盾牌阻斷了氣刃的攻勢，借着這一秒的拖延，帝奇迅速閃身至一個巨獸頭骨後方。果然，如他所料，氣刃擊飛五星鏢後，在靠近古獸頭骨前消失了。

帝奇眯了眯眼，確定了大家之前的判斷沒錯，他打定主意利用陳列品作為掩護，展開迂迴攻擊。

伴隨餃子的口哨聲，四人按照順時針的方向繞圈跑動，除了利用諸多的收藏品作為掩護躲避風隱的氣刃攻擊外，他們真正的目的是向風隱收縮包圍圈，找機會救出麥田。

餃子三人以一種默契而又穩定的速度相互配合，風隱被攪亂了注意力，一旦牠盯着一個人窮追猛打，就錯過了控防其他人……不知不覺間，四個人將牠引入擺放着更為雜密的收藏品的地方。

好機會！餃子深吸一口氣，向大家微微點頭後，步伐輕盈地正面朝風隱衝了過去，牢牢地吸引住牠的目光。

帝奇拉緊繫在飛刀柄上的蛛絲，賽琳娜握住僅存的幾塊氣元素晶石，同時從風隱兩側現身。一個用元素晶石調出數道氣流抵抗風隱周身纏繞的氣刃，另一個看準了無數氣刃間的縫

隙，從刁鑽的角度向空中甩出蛛絲，意圖纏住風隱的爪子，然後就由咸岸救出麥田……

但很快他們就感到不對勁，風隱竟然像在空中靜止了一般，在幾人的圍攻下既不躲也不閃，唯有展開的巨翼中，幾根羽毛如雪花般輕柔地翩然下落。

撲通！撲通！撲通！

餃子三人猛地感到身體一沉，彷彿空中有千斤重的無形巨石墜下，等他們回過神來，三人已被狠狠地按在地上，連絲毫掙扎的餘地也沒有。

更讓人絕望的是，他們清醒地意識到這股無法抗衡的強大壓迫感竟只來自風隱後背上的一根羽毛！

風隱究竟能將重力控制到何種程度呢？眾人心情沉重地思索着應對方法。

　　現在唯一全身而退的就剩下咸岸了。在剛才那輪攻擊中，他驟然消失在了眾人眼前。

　　原來，他一看見有羽毛自風隱的翅膀脫落，立刻驅動自己的怪物。卡普阿斯扭動身體，纏到咸岸的脖子上。咸岸瞬間融入了周圍的環境中，那根重如泰山的羽毛也自然失去了壓制的目標。

　　餃子他們詫異不已，沒想到咸岸看起來傷痕累累，卻仍有這麼強的戰鬥直覺，竟然完美躲過了風隱的反制招數！

　　風隱的鳥瞳警惕地轉動着，尋找消失的咸岸。牠突然歪了歪長長的脖子，將麥田和至尊權杖一起放在陳列台上，再度以一種緩慢卻沉穩的姿勢凌空飛起……

　　是機會，還是陷阱？趁着風隱試圖對付咸岸，他們能否趁

機救回麥田呢？餃子三人不約而同地暗暗琢磨。

不能坐以待斃！他們不再試圖掙脫羽毛的壓制，而是凝神屏息，想要在無法掏出怪物卡的情況下，用意念召喚出怪物。

絕對碾壓

風隱越飛越高，警覺地四處巡視，想要探查出咸岸的所在。

這時，一道暗影如雷霆般從穹頂縱身跳下，猛地落到了風隱的背上。

是咸岸！他利用擬態融入牆壁，不知何時移動到上方，趁其不備發動攻擊。與此同時，他還獲得了怪物石籠的皮甲的物理屬性，因此落到風隱背上的重量如泰山壓頂。咸岸將全身的力量集中在雙手上，拉住了風隱的翅膀。

這驚天動地的一擊讓風隱一陣慌亂，瞬間被壓得向下墜去。

居高臨下的風隱萬萬沒有想到，對手會以這種出其不意的方式出現。

等風隱一墜地，咸岸立刻用四肢牢牢地緊扣地面，像一副堅韌的人形枷鎖似的對風隱形成了有效的鉗制。

餃子三人不禁對咸岸刮目相看。這套戰術如行雲流水，一氣呵成，由此可見咸岸在退休前應該是個戰鬥經驗相當豐富的怪物大師。

　　不過，風隱不是個容易對付的角色，哪會輕易敗下陣來？牠有節奏地搧動翅膀，調整氣息，打算擺脫咸岸的禁錮。

　　風隱力量之強大，令咸岸的四肢發出咔咔的響聲。再這樣下去，就算是堅硬的石籠皮甲，也會被風隱的蠻力撕個粉碎吧。

　　就在這時，卡普阿斯像飛箭一般射出，一下子死死地纏住風隱細長的脖頸，閃着幽幽綠光的尖牙突然刺入了風隱的脖頸！

　　「嗡 ——」風隱發出一聲憤怒而淒厲的長嘯，疾風四起，咸岸和卡普阿斯被狠狠地彈開，深深地砸入了牆壁中，不過眨眼之間，他們又隱沒在牆壁之中。

　　風隱受傷了，搖搖晃晃地撲搧着翅膀，餃子三人明顯感覺到身上的重力壓制鬆懈了一些。也正因如此，賽琳娜竟然成功地用意念召喚出了水精靈。

　　「唧唧 ——」在賽琳娜心電感應的命令下，水精靈冰藍色的身軀奮力舒張，猶如一朵聚滿能量的積雨雲，將一道又一道強力水柱密集地朝着風隱彈射而去。

　　風隱第一次出現狼狽之態，慌忙躲閃中，碰倒了一些收藏品，發出巨大的響聲。

　　餃子還在滿頭大汗地發動意念，突然發現身旁的地面上悄然無聲地伸出了一隻手，原來是再次擬態融入地面的咸岸，借着風隱被水精靈連續攻擊的時機，一一移走沾在三人身上的羽毛。

　　餃子三人重獲自由後，並沒有馬上起身，而是默契地等待

着一個羣攻的時機。

　　然而，風隱彷彿洞悉了他們的計劃，又或許是牠被徹底激
怒了，鳥瞳中冒出懾人的寒光，巨大的翅膀高高揚起，釋放出
的氣流化為風之利爪，將所有人和水精靈一起抓到半空中，就
連試圖立刻潛入地面的咸岸，也被風之利爪強勢拔了出來！

　　電光石火間，眾人連一絲反抗的機會都沒有，便被風隱再
度重重地拋落在地。

　　這一次，憤怒的風隱施加了更可怕的重力，一時間，餃子
他們只覺五臟六腑都發出崩裂的聲音，連水精靈也未能倖免，
幾乎被壓成了藍色的紙片。此時此刻，餃子他們才意識到，之
前壓在他們身上的那根羽毛，恐怕只是戲弄怪物大師預備生的
小伎倆。

　　而現在，風隱才顯示出了食尾蛇組織四天王之一 —— 布

諾・里維奇的怪物的實力，牠是戰無不勝的，牠要讓不自量力的對手們知道，他們根本沒有反擊的餘地。

　　打不過風隱，就救不出麥田；救不出麥田，就搞不清布布路到底是怎麼回事。不僅翡冷翠的戰亂不會停止，麥田還可能會變成食尾蛇組織的「致命武器」……最重要的是，如果食尾蛇的最終目標是十影王之一路內德製造的星雲母圖，那無論如何都不能讓他們得手。

　　餃子他們心急如焚，偏偏身下的地面還傳來了咔嚓咔嚓的破裂聲。

　　這簡直就是雪上加霜！

　　暴怒的風隱依舊不斷地施加重力，地面即將完全裂開，下面的空間已經被銀水注滿，一旦掉落下去，等待大家的將是凝固成銀水雕像的悲慘結局！

異境的迷夢深淵

MONSTER MASTER 21

新世界冒險奇談

第十四站 STEP.14

生命的法則
MONSTER MASTER 21

幻夢，詭譎的身份

　　陳列室裏，餃子他們被暴怒的風隱用實力碾壓，陷入了莫大的危機之中。

　　陳列室外，躺在金盾棺材裏的布布路再度失去了意識。德諾奇沉默着站在一旁，晦暗不明的目光透過鎧甲，看着躺在金盾棺材裏難受呻吟的布布路。

　　布布路又跌入了夢境中，化身成那個少女 ——

　　那是一個巨大而雜亂的空間，除了擠滿陳列櫃的各種稀罕

物品之外，還有一捆捆的古籍堆成小山，價值不菲的晶石和礦石隨意地鋪了一地，大大小小的生物標本掛滿了牆壁……這裏是……？布布路突然意識到，儘管佈局有所差異，收藏品也更多更雜亂，但此處就是現實中德諾奇帶領大家進入的那間上古陳列室！

少女嬌小的身形在雜亂的空間裏舉步維艱，她拚命地四下翻找着甚麼，失望地喃喃自語：「沒有，沒有……我要找的東西不在這裏！」

布布路和少女的意識再度連接了起來，他知道，她要找的正是那件無法複製的寶物 —— 星雲母圖！

她曾經在古籍中看到過星雲母圖的示意圖，那是一個巨大的球體，由三層球面嵌套而成：最外面的一層被塗成藍黑底色，上面點綴着銀色的光點；第二層是蔚藍底色，上面描繪着造型各異的一團團白色圖案；最裏層的球體上描繪的則是藍星地圖！

「它究竟在哪裏？」少女的聲音沉重，之前布布路初次在夢中感受過的激昂澎湃的情緒蕩然無存，取而代之的是自她內心深處湧起的一股深沉的怨憤。

這令布布路十分不安，他想將少女看得更清楚一點，於是故意走近彩色的琉璃窗。

在琉璃窗的反射下，他看到少女背後如銀色瀑布般的長髮驟然飄起，露出的白皙後頸上有一塊像是刺青的圖案。

密室裏哪來的風？布布路心生疑惑的同時，少女後頸上的

圖案像是要從皮膚上掙脫出來般扭動了一下⋯⋯

　　少女的眉宇間浮現出一絲凌厲，而她腦海中浮現出的回憶，讓布布路覺得如墜冰窖⋯⋯

墮落的人神

　　她，是世人敬仰的希愛黎人神，但她卻跟歷任人神都截然不同。

　　從繼位儀式開始，她就躲在重重紗幔之後，不願以真面目示人。

　　接受信徒的朝拜和供奉時，她嗤之以鼻地回應：「人神可不是供人參觀的擺件玩偶！」

　　每日晨昏定時為世人祈禱的儀式也被她果斷廢除，在她

看來，即便自己唸出再多的祈禱詞，也拯救不了現實中日漸貪婪的人心，她不想將自己寶貴的時間浪費在這些毫無意義的禮儀上。

此外，她還在自己的住所內外設置了重重陷阱，除了她唯一信賴的侍衛長之外，任何人都休想靠近她半步。未經允許闖入的人，輕則傷殘，重則殞命。

對於那些千里迢迢來到翡冷翠，祈求消除疾病的人，她也絕不會像從前的人神一樣，無私地奉獻自己的生命力去挽救他們。她總是用一種冰冷而決絕的態度回應：「生命有其法則，生老病死原本就是自然規律，世間每天都有死亡和新生，要拯救一條生命，就必須用另一條生命來交換。」

人們雖然不明白這位人神為何會有如此巨大的改變，但為了救自己的孩子、朋友、父母和愛人，總有人願意選擇獻出自

己的生命。

　　人神對被拯救的人毫無興趣，相反，她很好奇那些甘願付出生命的人在臨終一刻的心情：有人無怨無悔，也有人充滿恐懼，更有人在最後一刻後悔退縮……

　　她居高臨下，疏離而又冷漠地看着人間百態。不管是生離死別還是重逢的眼淚與歡笑都無法在她心中激起一絲漣漪。

　　她所制定的生命法則固然殘酷，卻仍然讓無數人趨之若鶩，尤其是富商巨賈。

　　因為他們擁有更高的地位、更多的資源，對他們來說一切都是可以用金錢和權力來交換的，人情道義、人格尊嚴，甚至是人的生命……比如說一個富商就為自己買了一個死刑犯。犯了重罪的犯人原本就失去了生存的資格，如果能將一

筆金錢留給家人，對他來說可謂只賺不賠。

　　人神很快也意識到這一點，再度改變了生命法則：對於那些富商權貴，她要求對方成倍地付出代價，貢獻出更多的生命。

　　一時間，各國的死刑犯被大批地送往翡冷翠的聖殿，多餘出來的生命力，人神會像之前的人神一樣用來為世人治療傷痛疾病，給予垂死之人以平靜的安息……背後的這些事當然都是祕密進行的，普通民眾並不知情，他們只是驚喜地發現，人神不再強迫他們一定要使用交換的方式來獲得拯救了，於是再次謳歌人神的無私和神聖。

　　只是，少數知曉祕密的人開始心生惶恐和懷疑，這位人神不僅沒有絲毫奉獻之心，她還在扭曲「人神面前人人平等」

的信條。生命原本應是不分貴賤的，現在卻變得可以買賣，有了高低貴賤之別！這無疑是對生命本身的褻瀆！

那些富商權貴在求生之後，居然開始求不死，求青春永駐。人神露出嘲諷的冷笑，竟也一口答應下來。死刑犯的數量不夠了，有人就送來了重刑犯，到最後誰也沒想到，有人竟然送來了某國監獄裏關押的所有的犯人，其中半數以上只犯了輕罪。

人神對此卻照單全收，毫不留情地吸走這些人的生命力……此時的她，在知情人的眼中，已經不再是拯救眾生的慈愛人神，而是一個貪婪地掠奪別人生命的惡魔。

私下裏，信徒們開始暗暗稱呼她為極惡人神。

奇異空間

轟——

在風隱持續不斷的重力壓制下，一聲驚天動地的巨響炸開，不堪負荷的地面徹底四分五裂！

餃子他們本來感覺全身的骨頭似乎都要被碾碎了，這時身體驟然一輕，隨着崩塌的地面一起向下墜去……

這下死定了！他們清楚地看見，下方的空間已經被銀水注滿，銀水咕嘟咕嘟地冒着泡，猶如在奏響一連串的死亡音符。

但是預想中的慘劇並沒有發生，令人絕望的銀水地獄中突然爆發出一道耀眼的金光，將所有人籠罩其中！

大家被晃得眼前一片煞白，分不清東南西北，下墜的失重感也突然消失，渾然不知自己置身何處。

不知過了多久，金光漸漸退去。餃子用力眨了眨刺痛流淚的雙眼，緊張地四下張望。

他們幾個橫七豎八地倒在一個巨大而奇怪的球形空間裏，頭頂上有各種形狀的雲團，或快或慢地飄過。雲團上方有數不盡的大大小小星辰在旋轉閃爍，彷彿整個宇宙都能盡收眼底。低頭看腳下的大地，又是另外一番光景。它就像是一塊用不同布料拼接而成的地毯，有的地方是光禿禿的岩石，有的地方是連綿起伏的沙丘，再遠一些還可以看到蜿蜒的河流和皚皚的白雪⋯⋯

這些風馬牛不相及的地貌，為何會拼接在一起？這究竟是甚麼地方？眾人心中都升起了一股不真切的感覺。

「啊——」咸岸雙手抱頭，痛苦難耐地發出一聲呻吟。

難道他在和風隱的戰鬥中傷到了腦袋？

「咸岸大叔，你沒事吧？」賽琳娜撐起痠痛的身體，趕到他身邊。

帝奇瞇着眼警惕地說：「風隱不知道去哪裏了，我們得小心些！」

「沒錯，絕不能掉以輕心，」餃子心裏的不安更加強烈，「這個地方也很詭異。」

餃子三人交換了一下眼神，忍着疼痛，合力將咸岸抬到一座小山丘後的隱蔽處。

「好奇怪……」咸岸面色蒼白，豆大的冷汗自額頭滴落，用微弱的聲音說，「從一踏入永恆牢起，我就有一種說不清道不明的熟悉感。剛才一瞬間，我腦中突然湧現出很多零碎而模糊的畫面……畫面裏的人和事物都十分陌生。我可以肯定它們不是來自我的記憶……可當我想仔細看清楚時，頭就異常地疼。雖然說不清緣由，但我莫名感覺自己以前來過這裏……」

　　不屬於咸岸他自己的記憶？卻又莫名感覺自己以前來過這裏？這種矛盾感來自何處呢？餃子摸着下巴，狐狸面具底下是一副費解的表情。

　　「你們看 ──」這時，帝奇壓低聲音，手指向遠處的雲團上方。

只見一個閃亮的金色光球，跳脫出璀璨閃耀的星辰行列，正穿過重重的雲團，從天空緩緩落下。隨着距離的縮短，大家漸漸看清，那並不是甚麼金色光球，而是至尊權杖發出的光芒，那光芒籠罩着意識不清的麥田⋯⋯

回想起地面崩塌後的那道金光，餃子他們突然明白了甚麼。

他們是被至尊權杖發出的金光「送」到了這個地方！換句話說，是至尊權杖幫助他們逃過了一劫！

「嗚，頭好痛⋯⋯」咸岸更用力地抱住頭，痛苦地呻吟道，「我好像不能思考了⋯⋯好難受⋯⋯嗚，頭快炸了！」

這時，包裹着麥田的光球的下落速度也驟然加快，金色光球拖出一條尾巴，就像一顆墜落的流星！

這是成為怪物大師的必經之路！！！

這是給讀者的Quiz任務！能順利解答初登場的十問集，一定是相當專業的怪物大師迷！

全知全曉，怪物大師

十問集 第一期

Q07 在哪一本大名鼎鼎的著作中，記載着火元素始祖怪和水元素始祖怪的故事？

（提示：趕快閱讀「怪物大師」系列的第九部《遠古巨獸的斷齒迷蹤》，你能在裏面找到正確答案。）

■即時話題■

餃子：和風隱的這場戰鬥真是不好打，地顧及着不要破壞收藏品，實力有所保留。咱們要是很努力，還被壓制，那就顯得我們好菜啊！

帝奇：差距本來就存在，風隱可是布諾的怪物，布諾當了十多年的怪物大師精英，後來又成為食尾蛇的四天王之一，他靠的是實力！

賽琳娜：何況我們一向是四人組團戰鬥，缺了布布路，戰鬥力和配合度都有所下降，就算輸了也很正常。

咸岸：你們這是還沒打完，就開始長他人志氣，滅自己威風了嗎？

餃子：不不，我們是冷靜分析局勢，提前給讀者們做好心理建設。雖說，咱們的作者親爹會把控好劇情的合理性，但是萬一讀者覺得咱們經歷過大大小小這麼多戰鬥，還有各種人設加持，面對風隱卻菜成這樣，不愛看怎麼辦？我們這是在給讀者打預防針，向他們說明原因。然後，萬一我們打贏了，就更能體現我們幾個是厲害的怪物大師預備生了，都厲害過食尾蛇的四天王之一了！

咸岸：你們真是很有心機啊！

帝奇：我沒有。

賽琳娜：我也沒有。這番話只代表餃子的個人意見！

餃子：……

完成這個測試後，可以判定自己對於怪物大師的背景知識是否瞭如指掌。測試答案就在第二十一部的243頁，不要錯過喲！

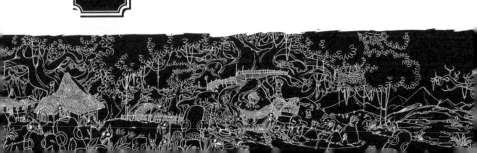

異境的迷夢深淵
MONSTER MASTER 21

新世界冒險奇談
第十五站 STEP.15
問星室
MONSTER MASTER 21

甦醒的麥田

「不好！」賽琳娜焦急地說道，「照這個速度掉下來，麥田會摔傷的！」

「帝奇，你去接應麥田，我負責警戒和掩護，大姐頭照看好咸岸！」餃子當機立斷地說。

他的話音剛落，帝奇就衝了出去。

餃子警惕地跟進了幾步，躲在一處小山丘後觀察周圍。

賽琳娜在咸岸的額頭上放了一個冰包，然而全無作用。咸

岸的狀況越來越糟糕，他雙目緊閉，五官痛苦地扭曲着，口中發出含糊不清的呢喃：「我在這裏死去……被一個女人殘忍地奪取了生命……」

　　賽琳娜神色不定地看着咸岸，難道他和布布路一樣，也陷入某種幻夢了嗎？

　　砰——

　　就在帝奇快要衝到包裹麥田的光球正下方時，原本毫無意識的麥田突然甦醒了過來，他手持至尊權杖站起身，金色的光球居然急速膨脹，瞬時爆炸。當麥田單膝落地時，地面一下子被衝擊出一個巨大的深坑，帝奇躲閃不及，率先被爆炸的強勁威力震飛出去。

　　被震飛的帝奇滾落在地，難受地一隻手按住胸口，臉色發青。

餃子、賽琳娜和咸岸也難逃厄運。爆炸的範圍迅速擴大，他們也被至尊權杖釋放出的金色光芒衝擊到了。

　　與此同時，空氣似乎變成了黏稠的漿糊，令人感到窒息。

　　餃子他們像跌入池塘的溺水者，艱難地喘息着，可是每次用力，肺部都異常疼痛……這一刻，他們終於完全體會到咸岸為甚麼說麥田是一件讓世人恐懼的「致命武器」了！

　　是麥田！正是他的這種能力，令雷頓家族的十位賞金獵人精英陷入了詭異的窒息昏迷狀態！而現在，餃子他們也正遭受同樣的痛苦。

　　在意識完全消失之前，帝奇恍惚中看到一個黑漆漆的高大身影快速衝向麥田。

　　是德諾奇？他也被送到這個詭祕的空間裏了？布布路呢？他沒事嗎？為甚麼德諾奇沒有受到麥田的影響？

　　帝奇支撐不住，合上了眼睛，最後時刻，他似乎聽到一聲接着一聲的砰砰的聲響，應和着他越來越沉重、緩慢的心跳。

　　不知過了多久，帝奇猛地睜開眼，赫然看見德諾奇半蹲在他身邊，正給他做心肺復甦。見他醒來，德諾奇二話不說轉向旁邊的餃子，猛地拔出剛剛扎在餃子胸口的強心針，開始給他做同樣的急救……

　　帝奇掙扎着坐起來，發現胸口因德諾奇的按壓而留下了深深的瘀痕。他稍一用力呼吸，就痛得鼻酸，不過好在治療及時，他們幾個人可以說是被德諾奇從鬼門關拉了回來。

　　等餃子三人全都被救醒後，他們注意到麥田正淚眼婆娑地依偎在咸岸身邊。咸岸精神委頓，但意外地沒有像他們一樣陷入昏迷……不過，當他們的目光觸及一旁的金盾棺材時，三個人顧不得身上的疼痛，奮力撲了過去。

　　怎麼會這樣？布布路的臉上沒有一絲血色，慘白得嚇人。高燒退去後，他的熱量流失，體溫遠低於正常人，手腳冷得像冰塊，胸口緩慢地起伏着，虛弱得似乎連呼吸的力氣都快沒有了，如果再找不到治療的辦法，恐怕……凶多吉少！

　　「麥田，你是人神，你救救布布路啊！」賽琳娜急得眼眶發紅，如獅吼般的音量震得所有人心頭猛地一顫。

　　麥田眼巴巴地望着布布路，一邊掉眼淚，一邊忐忑不安地搖着頭說：「對不起，是我讓布布路變成這樣子的嗎？但我不知道怎麼救他……我……我剛剛醒過來時，發現自己手中握着至尊權杖，以我為中心，四周又出現了一個如同之前摧毀柏

木林時那樣的巨坑。我看到爸爸艱難地爬向我，而你們三個人都臉色鐵青地躺倒在地，沒了呼吸！然後德諾奇出現了，他放下金盾棺材，立刻對你們施救……」

麥田說到這裏，小心翼翼地瞟了一眼德諾奇。德諾奇周身罩在一副冰冷的鎧甲下，雖然看不到他的表情，但能感覺到他正臉色凝重地望着氣息越來越微弱的布布路。

「後來我發現布布路躺在金盾棺材裏，他的狀況很糟糕，他的怪物四不像也失去了知覺……我要怎麼做才能救他？只要你們告訴我，我絕對會去做的！」麥田的喉嚨裏一陣哽咽，眼淚掉得更厲害了。

就在這時，一直在昏迷之中的布布路突然啞聲說道：「不行！不能這麼做……」

父親的傾訴

布布路一喊，眾人的目光都轉移到他身上。只見布布路眼皮艱難地睜開一條縫，掙扎着想要從金盾棺材中坐起來，但他只撐起一點點，立刻又重重跌了回去。

「布布路，你醒了？你感覺怎麼樣？」賽琳娜趴在金盾棺材旁邊，焦急地詢問道，語調自覺地從最初的激動調到輕柔。

其他人也不由自主地屏住呼吸，緊張而又擔心地看着布布路。

「我做了一個好長好長的夢，夢到了……」虛弱無力的布

布路只能保持着平躺的姿勢，氣息微弱地講述自己在夢中的所見所聞。

…………

眾人聽完之後，震驚得無以復加。通過布布路的描述，幾乎可以判定這個離經叛道的少女人神，就是十幾年前神祕失蹤的極惡人神！

而極惡人神制定的生命法則更是引人深思 ——

難道最終能拯救布布路的方法，就是要犧牲另一個人？布布路肯定不會同意用別人的犧牲來換回自己的性命。

但是，他們也不能眼睜睜地看着布布路的身體就這樣衰竭下去。

餃子三人心中波瀾起伏，腦海中紛紛浮現出那些刻骨銘心的共同經歷 ——

在塔拉斯的黑暗聖井中，為了拯救被邪神伊里布侵蝕的餃子，是布布路不顧個人安危被千目怪吞噬；

當賽琳娜被體內的水之牙控制，淪為始祖怪海因里希的奴僕時，是布布路豁出命去保護她，還有她重要的親人和影王村的村民；

帝奇因管家聖傑曼的復仇而陷入危機時，是布布路帶頭闖入雷頓家族的領地，找到了身陷囹圄的帝奇，最終抽絲剝繭，一起揭穿了聖傑曼的陰謀；

每當同伴們陷入困境，第一個衝上去赴湯蹈火的人，都是布布路啊！那個粗線條的單細胞生物，從來不會考慮自己的安

危，只要能解救同伴，哪怕讓自己犧牲一百次，他也從不猶豫。

所以，只要能讓布布路這傢伙好好活下去，他們都可以毫不猶豫地獻出自己的生命！

這一刻，三人心意相通，都下定了決心。

但就算他們有這樣的決心，此時此刻卻不具備以命換命的條件⋯⋯

「要是能知道極惡人神的更多事情就好了⋯⋯」賽琳娜喃喃道。

此時，頭痛好轉的咸岸突然神情複雜地開口道：「也許我不該再隱瞞下去了⋯⋯其實，我在作為怪物大師退休之前，曾經當過極惡人神的侍衛。」

餃子他們原本凝重的神色瞬間變得意外和警惕，這個有着和金易傑一樣容貌的咸岸果然不簡單，他身上究竟還有甚麼不為人知的祕密？

麥田不知所措地站在爸爸身邊，他對大家說的事情全都一知半解，只知道氣氛突然降到冰點，大家望向爸爸的眼神充滿了戒備。

咸岸低頭避開眾人的目光，繼續道：「那位極惡人神在位一百五十六年，我剛巧搭上了她在位時期的末班車，在她的侍衛隊裏任職。不過，我只是個微不足道的末等侍衛，以我的等級，根本沒有資格直接面見萬人敬仰的人神。每次執行守衛任務，我都跟其他末等侍衛一樣，站在聖殿階梯兩側，只能透過王座四周厚重的垂簾，遠遠地窺視一眼人神模糊的輪廓。那

位人神一直不願意以真面目示人，所以我從來沒見過人神的真容。和侍衛隊裏的其他人一樣，我選擇這份職業是出於對人神的虔誠敬仰……但在萬民敬仰的表象之下，有太多不能見光的勾當。我知道，那些爭先恐後向人神表忠心的勢力團體，背後都對人神心存不滿，也都在打着各自的小算盤……後來，人神離奇失蹤，極惡人神的名號在世間流傳開來。」

一開始，咸岸說得很慢，似乎從心底抵觸談及自己的過往，但漸漸地，他流露出釋然的表情。將這些塵封的祕密傾訴出來，令他意外地感到解脫。

咸岸不再隱瞞，一股腦地將往事和盤托出：「人神的失蹤，令翡冷翠一直以來勉強維繫的和平局面蕩然無存，各方勢力因為利益之爭兵戎相見，戰火四起。在一次爭奪勢力範圍的大戰中，聖殿遭到了可怕的爆炸襲擊，駐守在聖殿裏的侍衛隊傷亡

慘重。與我同批的侍衞，只有我一個人活了下來。我雖僥倖撿回一條命，卻被炸得面目全非，滿身是傷……好不容易身體痊癒了，我辭去侍衞隊的工作，回到老家。我見過太多外表道貌岸然、滿口仁義道德的傢伙，為了爭奪利益轉而像惡狼一樣相互撕咬，像狐狸一樣勾心鬥角。看到這些醜陋面目，我已經心灰意冷。

「回到老家後，我娶妻生子，努力遺忘在翡冷翠的過往。妻子離世後，我一個人艱難地撫養兒子長大，試圖成為一個稱職的好父親。但是事與願違，在發現麥田跟其他的孩子不太一樣後，我手足無措地選擇了等待和逃避……直到麥田留信離開，我才意識到自己犯了多大的錯誤。如果我能勇敢接受麥田身上的問題，陪在麥田身邊與他一起面對，他就不會被捲進那些可怕的陰謀，不會淪為別人爭權奪利的棋子了……」

無法複製的真相

四周安靜得彷彿連大家的心跳聲都聽得見。咸岸終於將自己的過去一吐為快。

麥田不停地用手抹去眼中冒出的淚花。一直以來,他跟爸爸之間似乎都隔着一堵看不見的牆,不論他怎樣努力,似乎都無法真正走近爸爸。直到這一刻,他才明白,原來爸爸有着這樣不為人知的過去,爸爸也從來不曾討厭自己,爸爸很愛自己。只是身為成年人的他,也會感到害怕和無助……當咸岸說完後,麥田悄悄地握住了爸爸的手,他在用行動表示自己對爸爸的理解和親近。

其他人卻神情各異,咸岸說得十分真誠,但這些往事未能解釋為何他會有着一張跟金易傑如此相像的臉。顯然還有更多的祕密有待揭開。

餃子若有所思地問布布路:「你在夢中看到的是極惡人神的記憶,那麼你看到她失蹤的原因了嗎?」

布布路摟着迷迷糊糊的四不像,無力地搖搖頭說:「沒有,後來就醒了……」

賽琳娜皺着眉頭,輕聲嘀咕道:「為甚麼布布路能看到極惡人神的記憶?」

回答她的是一片沉默,賽琳娜歎了口氣,悻悻地自言自語道:「看來大家也都說不出個所以然來……畢竟,如果我們知情的話,就不會陷入當前的困境了!」

　　眾人再次陷入不知所措的境地，餃子忽然發現德諾奇的注意力有所轉移，只見他不斷在四周踱步巡視，目光穿過頭盔，犀利地審視着偌大的空間。他時不時停下來盯着某處沉思，喃喃自語道：「也許大教司要我找的問星室，根本不在翡冷翠……恐怕我已經找到了……」

　　問星室？難道就是之前賽琳娜和餃子就維修甲殼蟲的事去找大教司時，無意中聽到的那個地方？賽琳娜和餃子迅速對視一眼，警覺而疑惑地盯着德諾奇。

　　德諾奇為甚麼突然在這個時候提起問星室來？

　　「為了擺脫目前的困境，我決定給你們提供一些信息，」德諾奇沉悶的聲音從鎧甲裏傳出，「除了攫取權力，大教司急於尋找新一代的人神，還有一個鮮為人知的理由：據傳極惡人神具有『辨雲圖，知天下』的能力，而她之所以有這樣的能力，是因為她擁有一間神祕的問星室。在那裏，她能洞悉藍星上每一處的天象變化，以星辰之力助她運籌帷幄！隨着極惡人神的消失，那間問星室也成了謎。大教司認為，問星室不會跟極惡人神一起消失，它應該還在翡冷翠，只有利用人神的力量才能找到它。」眾人恍然大悟，難怪大教司預謀着「奪世計劃」，掌控着問星室的人，無疑就等於擁有了通曉藍星乃至宇宙星辰的實力！

　　「你們仔細觀察周圍的環境。」德諾奇抬起被重鎧甲包裹的手臂，在空中緩緩畫出一道弧線。

　　隨着德諾奇的引導，大家把目光投向周圍，視線所及之

處，只見空中縹緲的星辰和雲團，變幻萬千的地貌 —— 連綿的沙漠、起伏的山巒、曲折的海岸線……這些地貌的排佈，他們越看越覺得眼熟。

思忖片刻後，餃子突然眼前一亮，難以置信地說：「我們所在的這個空間的地貌，分明就是濃縮版的琉方大陸地形圖……按照德諾奇所言，只要對這裏進行觀測，就能夠洞悉藍星的天象變化……難道這裏就是問星室？」

「難道問星室就是『星雲母圖』？或者說，關於星雲母圖的

描述只是世間的一種誤傳，星雲母圖本身其實是一個空間？」餃子狐狸面具下的眼睛裏閃過一道精光，他托着下巴一字一頓地推測道。

　　他的話讓眾人猶如醍醐灌頂，之前獲得的所有碎片化的信息逐漸拼接在一起，慢慢還原出一條清晰的脈絡。

　　如果這就是真相，那麼星雲母圖幾千年來都無法重塑就可以理解了，因為它並不是可以被複製的圖形或者裝置，而是一個獨立於現實世界之外的異度空間，也就是這裏！

異境的迷夢深淵

MONSTER MASTER 21

新世界冒險奇談

第十六站 STEP.16

記憶亂流

MONSTER MASTER 21

是敵還是友

「真的嗎？這裏真的就是空間化的星雲母圖？」賽琳娜難以置信地四下張望着，他們居然歪打正着地來到了如此神祕離奇的地方！

「餃子的推論聽起來匪夷所思，但事關十影王之一路內德，就算再離奇的想法成為現實，也不足為奇。」德諾奇語氣平靜地回應。

「排除一切不可能的因素，最後剩下的答案哪怕再不可思

議，也是唯一的真相。」帝奇瞇起眼睛，沉聲道，「布布路在幻夢中看到了極惡人神來雲圖閣尋找星雲母圖，看來她最終得償所願。於是，她擁有了一間神祕的問星室。布諾把麥田抓到這裏來，說明食尾蛇組織也在找問星室。不論是食尾蛇組織還是大教司，我們都不能掉以輕心，絕不能讓問星室落入野心家的手中。」

咸岸不由得對德諾奇流露出戒備的神色，德諾奇身為大教司的心腹，是個不容小覷的角色，若是與他為敵，是否有勝算還真不好說。

餃子卻豁然開朗地看着德諾奇說：「既然你把問星室的事情告訴了我們，就說明你並不打算把這個地方交給大教司，對吧？否則，你根本不必救我們，只需將這裏拱手獻給大教司就好了……」

「當時，你肯定早就發現我們返回去找大教司了，卻直到我們走近時，你才提醒大教司住口。顯然是故意為之吧？我猜，你對大教司並非愚忠！」賽琳娜連忙補充道。

德諾奇沉聲道：「大教司野心勃勃，我從一開始就沒打算把問星室交給他，所以你們可以放心，我不是你們的敵人。」

德諾奇的話讓餃子他們鬆了口氣，同時依舊感覺肩頭責任重大。事態的發展大大超乎預料！星雲母圖是十影王的神物，其存在關乎整個藍星乃至宇宙的發展，最穩妥的對策是儘快聯繫上怪物大師管理協會。

「我們得趕緊從問星室出去，通過『生命之星助力會』聯

繫怪物大師管理協會。」帝奇用冷靜的語氣掩飾內心的波瀾。

「說起來容易做起來難啊，」餃子煩躁地撓了撓頭，幽幽地說，「剛剛我們是被麥田的人神之力送到這裏的。外面不僅有要命的銀水陷阱，還有布諾和風隱在虎視眈眈。那人可是食尾蛇組織的四天王之一，是極其恐怖的存在……」

「我們提前把怪物召喚出來，離開這個空間的同時，我會竭力召喚水之牙的力量，銀水本身雖然無法凍結，但如果是用水元素始祖之力所建的冰牆，一定能封住破損的地面，哪怕時間不長，也一定能助我們逃生……」賽琳娜開始認真分析逃離的路徑和手段。

「前提是……麥田能用相同的方法把我們帶出去……」餃子遲疑地補充道。

「我……」麥田頭冒冷汗，小聲地插話道，「對不起……我不知道自己是怎麼把你們帶到這個地方來的，所以我也不知道要怎麼做才能把你們帶出去。」

說完，他忐忑不安地掃視了一圈眾人的臉。

不會吧？難道他們要被困在這裏直到天荒地老？餃子的嘴角抽搐連連，不過因為戴着狐狸面具，所以誰都沒看到。

「別這麼悲觀嘛！」餃子一把攬住麥田的肩膀，循循善誘道，「你試都沒試一下，就斷定自己不行，是不是太武斷了？來來來，做幾次深呼吸調整一下心情，集中注意力，試試發揮人神之力——」

「加油！相信自己！」咸岸緊握拳頭說道。

「不要退縮！」

「嗯！你一定能做到！」

賽琳娜和帝奇齊聲為麥田鼓勁，氣息微弱的布布路也用眼神為他加油。

大家的支持讓麥田的心境明亮起來，他一改委頓的神情，深吸一口氣，高高舉起手中的至尊權杖，指向天空！

所有人都屏住了呼吸，期待着金光再現。

然而，四周始終靜悄悄的，至尊權杖毫無反應。

良久，麥田剛剛振作起來的精神再度跌入谷底。

「別着急，或許是姿勢不對。」餃子指導麥田不停地變換姿勢，「來，把手舉過頭頂，這樣的姿勢便於丹田發力⋯⋯昂頭，拿出傲視蒼生的氣魄來！挺起胸膛，讓自己看起來更高大威嚴⋯⋯」

麥田戰戰兢兢地一一照做，但還是毫無效果。

這時，德諾奇半蹲到金盾棺材旁邊，他注意到布布路再度陷入了昏迷⋯⋯

安息花園的騙局

布布路感覺自己彷彿墜入了冰窖，全身上下每一個毛孔都在痛苦地戰慄、哀號，但胸腔裏的那顆心臟，卻又如同被焚燒般疼痛。極度的冰冷和炙熱在他的身體裏激烈地碰撞，令他幾乎失去了知覺，唯一能感覺得到的，只有如失控般迅速流失的生命力⋯⋯

我快要死了⋯⋯這次跌入夢境之前，布布路認識到自己正邁向生命的終點。

爺爺說過，生命是無常的，因此要珍惜當下，將每一天都活得精彩紛呈。

布布路回想自己有限的人生，他從小與爺爺相依為命，在影王村生活。雖然因為爸爸的關係，自己不太受村民待見，但他過得很自由快樂。十二歲生日的那天，他收到了摩爾本十字基地最高級別的申請書後，他立志要成為真正的怪物大師，參加了招生考，認識了三個志同道合的好隊友。他們執行過各種各樣的任務，每次到了生死存亡之際，他們都攜手闖了過去⋯⋯對他來說，他沒有辜負自己的生命！

只是，大姐頭、餃子和帝奇會很難過吧⋯⋯希望他們能儘快振作起來，帶着他的夢想一起努力，成為傑出的怪物大師。

他們一定能做到的！對此，布布路有絕對的信心。

布布路又想到了四不像，是他拖累了牠，害牠的生命力同樣嚴重流失。倘若，他和四不像的關係依然像最初相遇時那樣該有多好……人和怪物之間沒有根深蒂固的牽絆，四不像應該就能繼續氣勢囂張地活下去。布布路心裏一疼，下意識地摟緊了懷裏的四不像。

夢境在加深，布布路想到了自己最大的遺憾：他想知道爸爸的事，當年執行任務時到底發生了甚麼？為甚麼爸爸要背叛正義的一方，加入邪惡的食尾蛇組織？爸爸到底是如何看待他的？想知道的太多了，布布路多希望在自己離開這個世界之前，能親眼見到爸爸，親口聽到爸爸的解釋……

「爸爸……」布布路吐出最後一個詞，意識終於被徹底扯入了某種晦暗而又絕望的深淵 ——

　　這個地方，分明是一座人間地獄！

　　到處烏煙瘴氣，令人窒息，源源不斷灌入耳中的是撕心裂肺的哀號聲，還有足以擊穿靈魂的慟哭聲……折磨得人心神俱碎！

　　每一任希愛黎人神，都會在垂老之際，在這裏走向生命的終點。

　　為甚麼會這樣？身為人神，一生受萬人膜拜，神聖不可侵犯，最終卻要以這樣的方式屈辱地死去，難道這就是人神的宿命？

　　不，這根本就是一場卑鄙的騙局！好恨啊！好恨啊！不想死！不甘心！人神的一生都在為別人而活，從來沒有一刻擁有過自我，就連生命的最後，也是孤零零的一個人……

　　這樣的人生有甚麼意義呢？

　　在即將嚥氣前，她蒼涼、絕望地回顧着自己短暫的一生。她是人神，從站上這個位置開始，就必須以人之身成就神之使命。在世人面前，她永遠都要挺直背脊，站立數小時都不能移動方寸，言辭要得體，舉手投足要莊重大方……

　　因為，「希愛黎人神」是人類塑造出來的最理想的神的形象。不管遭遇戰爭還是疾病，只要人神出現，就可以溫暖人心。人神雖然沒有實權，卻是力量足以超越任何強大當權者的精神領袖。

　　作為人神，她也是特殊的存在。

　　長久以來，每一代人神都傳承着「心靈治癒」的能力，人神能夠洗滌人們心中的負面情緒，讓那些晦暗、焦慮、憤怒、兇狠、墮落、痛苦和悲傷的情緒都剝離，讓蒙塵的心靈得到治療，重新閃耀積極的光彩。哪怕未來再艱苦，人們也會充滿勇氣地活下去。

　　而她，除了擁有「心靈治癒」的能力，還擁有一隻與眾不同的 S 級怪物。怪物的能力是極其稀罕的生命力轉換，擁有這樣的怪物等於擁有永生的權利。這原本是能保她長命百歲的護身符，但善良的她卻深知人神的義務是奉獻與犧牲，因此

她從未因為私慾而使用過怪物的力量，反而奉獻出自己的生命力去拯救他人。每使用一次能力，她就會付出代價，變得越發衰弱和蒼老。對此她義無反顧，一次又一次……因此，明明她還很年輕，身體和容顏卻如同垂暮的老人一般，她無法再挺直脊樑站立了，無法再為眾人祈福了，也無法再交換自己的生命力去救人了……這也意味着，她的生命進入了倒計時。

按照慣例，無法再拯救世人的人神將離開翡冷翠，被護送前往安息花園，那是安置歷代人神度過生命中最後時光的地方。

儘管命不久矣，她心中卻前所未有地坦蕩而平靜。對她來說，一切終於可以結束了。背負着他人的期待，順應着他人的理想，承擔着維繫和平的重任，不分日夜地祈禱、賜福，一刻也不敢鬆懈地塑造高雅尊貴的人神形象，這無私無慾、沒有自我的一生……終於可以結束了。

在生命的最後一小段時光，不管是幾天還是幾小時，她終於可以擺脫神的枷鎖，純粹地作為一個人來安然度過。

據說，安息花園是世間最聖潔的地方，花園設有只有人神方可進入的光之結界，與外界嚴密隔離。

她用枯槁而蒼老的身體，最後擁抱了自己的怪物和最忠實的侍衛長，隻身踏入結界，準備安然了卻自己油盡燈枯的生命……

可她萬萬沒想到，光之結界內哪裏是甚麼最聖潔的花園，分明是一座最黑暗、邪惡的煉獄！

吞噬與融合

這裏竟然是混沌之樹的後花園!

那棵混沌之樹生長在時光裂縫中,經過漫長的歲月洗禮,它孕育出了怪物果實,人類可以通過怪物果實孵化出怪物,並與之簽訂心靈契約。

但誰會想到,混沌之樹竟然是靠歷代希愛黎人神的身體和靈魂作為養料來滋養的!

為了讓混沌之樹生生不息,自己最後的歸宿竟然是與混沌之樹化為一體嗎?

這就是所謂的人神嗎?

在生命即將終結的這一刻,無私奉獻了一生的她突然開始疑惑了。為甚麼所有人都覺得人神的犧牲是理所應當的?甚至在生命的最後一刻,還要榨乾她最後的一點價值,哪怕死去了,也不容她安息……

啊,原來神聖無比的希愛黎人神之職,只是無止境地承受着他人的私慾和索取而已……

她被如潮水般的黑暗和絕望吞噬。她知道,如果化為混沌之樹的養分,那並不是一生的終結,而是永生永世的詛咒!她的靈魂將和歷代人神一樣,被囚禁在這個地方日日慟哭哀號,不得安寧,永無解脫之日。

她憤怒了,後悔了,甚至內心燃起了仇恨的火焰。

如果人生可以重來一次,她不要再當甚麼人神,只要為自

己而活！

然而，後悔已經來不及了，她眼前越來越黑……

在人神的記憶之夢中，布布路對她的絕望感同身受，他彷彿置身於無邊的黑暗，看不到一絲希望……平等對待每個人的人神，自己卻得不到平等對待，無論付出多少，人們也覺得理所當然……多麼可悲可歎啊！

誰來救救她？布布路難受極了，祈禱奇跡能突然出現。

人神所剩無幾的生命力流逝殆盡，她甚至感覺到靈魂正散逸出自己的軀體。這時，一團綠色的光芒吸引了她的目光。

她眼神迷亂地循光看去，發現在混沌之樹的根部，居然孕育出一顆種子。

那顆小小的種子，猶如一顆心臟，雖然柔軟，卻頑強地跳動着！

她艱難地爬向種子，用顫抖的雙手捧起了它，剎那間，她感受到生命勃發的脈動！

撲通，撲通，撲通……種子的每一次跳動，似乎都是對她的一種召喚，她目不轉晴地看着種子，不由自主地萌生出一個大膽的念頭。

神使鬼差地，她將那顆種子吞入腹中！

旺盛的生命力瞬間注入她的體內，在她的四肢百骸間瘋狂地竄動，她的身體開始在浩瀚的生氣之中重組，蒼老的容

顏恢復紅潤，枯萎的皮膚恢復了彈性，本已垂死的身體重新煥發出生機！只是，隨着難以描述的巨大力量持續注入，她漸漸感到情況不妙：那根本不是人類可以承受的力量，種子萌生的力量，如同盤根錯節的樹根般，貪婪地吞噬、佔領着每一個細胞，她感覺身體像被無數根鋼針穿刺，要被撕裂成碎片，忍不住發出瘋狂而痛苦的哀號……

就在這時，遠處本該靜止不動的光之結界，突然像風掠過的水面般波動起來，兩個熟悉的身影穿過結界，出現在她的面前——是她的怪物，還有她最信任的貼身侍衛長。而她在失去意識前，喊出了他的名字——咸岸！

布布路不可思議地看着這個名叫咸岸的人，他長着一張陌生而憨厚的圓臉，看上去二十歲左右，身上的服裝配色和福世會的制服很像，而纏繞在他脖子上的蛇形怪物，分明就是卡普阿斯！

可咸岸不是跟金易傑長得一模一樣嗎？

他不是口口聲聲說自己只是一個末等侍衛，從未見過人神的真面目嗎？

即便是被稱為單細胞生物的布布路，也意識到了情況不對勁。

全知全曉，怪物大師
十問集 第一期

 Q08 十影王中享有美食怪物大師盛譽的是誰？

（提示：趕快閱讀「怪物大師」系列的第五部《世界之巔的死亡珍獸宴》，你能在裏面找到正確答案。）

■即時話題■

餃子：麥田，你聽好了，做人絕對不能輕言放棄！一定是咱們沒找到正確的姿勢，來來來，你試試看左腳前跨一步，右腿屈膝，雙手握住至尊權杖，高舉過頭後，用力放下，令至尊權杖觸地……

麥田：哦，我試試。

餃子：不對，不對，你表現得太綿軟無力了，一點都沒有氣貫長虹的氣勢，看着我，跟着我做！左轉三圈，右轉三圈，仰脖子，撅屁股……

麥田：餃子哥哥，這樣還不對嗎？

餃子：你一定是平時鍛煉太少，姿勢都不到位呢！不過別氣餒，試試看左腳抬起，左腳足弓貼向右膝蓋內側，雙手打開，向上升……

賽琳娜：餃子，你教的都是些甚麼奇怪姿勢啊？

帝奇（白眼）：他教的分明就是北之黎流行多年的廣場舞。

餃子：你們兩個就知道嫌棄我，有本事，你們來教啊，哼！

帝奇：我沒本事。

餃子：哎呀，難得帝奇你如此謙遜，知道要甘拜下風啊！

帝奇：談不上謙遜，我只是比你多了一項「自知之明」的本事。

餃子：你，你，你……嘴太毒了！

完成這個測試後，可以判定自己對於怪物大師的背景知識是否瞭如指掌。測試答案就在第二十一部的 243 頁，不要錯過喲！

這是給讀者的Quiz任務！能順利解答初登場的十問集，一定是相當專業的怪物大師迷！

這是成為怪物大師的必經之路！！！

MONSTER MASTER
「LOVE DREAMS」

異境的迷夢深淵

MONSTER MASTER 21

新世界冒險奇談

第十七站 STEP.17

心心相印之力

MONSTER MASTER 21

德諾奇的對策

異夢還在繼續⋯⋯

等人神恢復意識時，她發現自己已經離開了安息花園。

不僅如此，她的容顏和身體都恢復了青春和活力。唯一的遺憾是，她那曾經因透支生命力而變白的頭髮，並沒有恢復為美麗的金色，但在美麗的青春容顏的襯托下，那一頭銀髮卻顯得光華璀璨，如同銀光閃閃的瀑布，在她的後頸無風自

動，彷彿下面藏着某種活物在蠢蠢欲動……

一瞬間，她似乎預感到了甚麼。

她的身邊已經沒有了自己的怪物，只剩下傷痕累累的侍衛長咸岸仍守候在旁，鞠躬盡瘁。

咸岸告訴她，由於怪物和主人是心靈相通的，當她在安息花園裏心緒大動時，守在光之結界外的怪物也產生了巨大的精神波動。牠身體扭曲，痛苦地翻滾着，彷彿有巨大的力量正源源不斷地衝擊牠的身體。

咸岸察覺到情況不對，判斷人神在安息花園裏出了狀況。

除了人神之外，普通人擅闖安息花園是忤逆之罪，但咸岸作為距離人神最近的人，目睹了她每時每刻的努力，對人神尊敬且憐憫，衷心地希望人神生命的最後時刻能平靜地度過。

人神的怪物展現出的狀態讓他忐忑不安，他顧不了那麼多了，孤注一擲地讓怪物卡普阿斯嘗試使用擬態的能力，將自己和人神的怪物化為土地的一部分，穿過了結界。

人神本來倒在地上，痛苦不堪，再繼續下去，她會成為培育混沌之樹新種子的養料……

不過，咸岸的強行闖入成了一個變數，居然破壞了安息花園內部的平衡，令她的怪物能夠通過犧牲自己，幫助她吸收種子的力量。

人神昏昏沉沉地摸了摸後頸，皮膚上類似刺青的圖案隨之扭動了一下，她的怪物已化為她身體的一部分。

之後，咸岸把陷入昏厥的人神帶出安息花園，向世人隱瞞了人神還活着的真相。

在聆聽咸岸講述的過程中，人神一直在流淚，咸岸以為她是太悲傷了。她卻告訴咸岸，她並不難過，流淚只是因為她無法抑制在身體裏流動的炙熱血液，此時此刻，她迫不及待地想要做一件事——以下一任人神的身份重回翡冷翠！

這一次，她要重新書寫自己的命運，而且，她還要改變人神的法則。

啊……布布路感受到來自靈魂深處的震撼，原來在夢境中出現的那個垂垂老矣的善良人神，和制定出殘酷生命法則的極惡人神，竟是同一個人！

現實世界裏，沉浸於人神異夢的布布路，生命體徵急速下降，心跳幾乎停止，手腳冰冷，體溫低得嚇人。

帝奇的眼皮緊張地跳動了一下，他一把掏出強心針，準備給布布路進行急救注射。

「不行！」德諾奇眼明手快地擋了下來，「『強心針』的作用是令失去活力的器官恢復運作，一旦注射，原本還在運作的身體器官也會產生惰性，導致身體機能的全面紊亂，副作用極大。他只是陷入夢境而損耗了大量生命力，並非真正的器官衰竭，我們現在要做的是讓那個『夢』結束，而不是給他注射強心針。」

「你有甚麼辦法能結束那個『夢』？」帝奇一貫冷冷的聲音

中透出了焦慮。

德諾奇沒有回答帝奇的問題，而是突然轉向麥田，與此同時，他的手中出現了一件武器 —— 一把大口徑的金槍，黑洞洞的槍口赫然對準了麥田！

變幻莫測的面容

被黑洞洞的槍口瞄準，麥田的大腦頓時一片空白，身體僵硬得有如石頭。

餃子他們更是神情駭然，他們曾經在迷霧島見過這把金槍。當時出現的還有另外一把銀槍，回想起那兩把槍的威力，大家心頭不由得一陣顫抖……天哪，他，他，他……難道德諾奇就是他們一直提防着不知何時會現身的克勞德·布諾·里

維奇？！

帝奇目光微凜，他猛然想起，在他被麥田的力量遏制得窒息昏迷之前，曾經聽到一陣砰砰砰的聲音，原來那就是德諾奇，不，是布諾‧里維奇的槍聲啊！

「不——」

就在餃子他們處於巨大的震驚中時，咸岸大喊了一聲，快速邁步向前，用自己的身體擋住了麥田。

下一秒，布諾不但沒有開槍，反而出人意料地單肩扛起了布布路所在的金盾棺材，開始疾速後退。

這是甚麼情況？為甚麼德諾奇由攻轉守，迅速逃開了？

餃子三人愣了一下，迅速轉頭看向身旁的咸岸——

此時，他的臉就像一塊投影屏幕，五官不斷扭曲變化，呈現出一副又一副截然不同的面容！

在那些不斷變化的面容中，有許多餃子他們熟悉的面孔，

有福世會的大教司、曾經在北之黎黑市見過的某個商販、摩爾本十字基地的尼科爾院長、金貝克、布諾・里維奇⋯⋯

餃子他們在暗暗心驚的同時，也若有所悟。

咸岸的怪物卡普阿斯具有擬態的能力，咸岸不斷變化的臉，很可能是他對曾經擬態過的人的一種記憶。

那麼，咸岸一直拿來示人的這張金易傑的臉，會不會也是擬態而成的呢？不論如何，咸岸絕對不可能如他說的那樣，從未聽說過金易傑這個名字！

這時，咸岸臉上不斷變換的記憶漸漸停止了，最終，他的臉定格成了一副美得不可方物的少女的面容 ——

少女有瀑布般的銀髮，光滑白皙的皮膚，柔嫩得幾乎要滲出汁液的脣瓣。然而，她的神情卻十分猙獰，攝人心魄的水藍色瞳仁裏，散發出濃烈到令人毛骨悚然的殺意。

少女張開嘴，發出的卻是一個嘶啞而粗糙的男聲：「就是這個女人，就是這個可怕的女人奪走了我的生命⋯⋯」

餃子他們被驚出了一身雞皮疙瘩，頭皮一陣陣發麻。

「咸岸大叔的意思是，這個少女殺了他嗎？」賽琳娜困惑地盯着咸岸，「難道，他和布布路一樣，也陷入了他人的夢中？」

「你們看麥田 ——」帝奇警惕地提醒道。

在咸岸精神紊亂、狂躁地不停嘶吼時，麥田也變得奇怪起來，他的黑色瞳仁向上翻起，眼眶裏只剩下空洞的眼白。他手握至尊權杖，直挺挺地站着，以權杖為中心點，地面正蔓延出無數崩裂的紋路，天空中原本輕盈空靈的雲團，隨之變成了翻

湧的黑雲，閃耀的星星拖着炙熱的尾巴墜向地面⋯⋯

「難道你們還沒發現嗎？導致麥田能力失控的正是咸岸！當然，也有可能是麥田在使用能力時會影響到咸岸⋯⋯總之，他們二人的狀態息息相關！」布諾退到他認為安全的距離後，終於停下來高聲提醒道。

砰砰砰砰砰砰砰砰砰砰砰砰砰砰砰砰 ——

布諾放下金盾棺材，金銀雙槍交替，對咸岸火力全開！

最後一段記憶

刺鼻的火藥味、灼熱的空氣、崩潰的空間⋯⋯

彷彿有那麼一瞬間，布布路被拉回現實，但他大腦中的幻夢並沒有停止，而是驟然跳轉了場景，再度回到雲圖閣的那間收藏陳列室。

他的意識與人神融為一體，他清晰地感覺到體內有一股蠢蠢欲動的巨大力量在四處衝撞。

恢復了青春的極惡人神正竭盡全力地集中注意力，努力調動和控制這股來自混沌之樹種子的力量。她的周身和麥田一樣，釋放出神聖的金色光芒，光芒不斷擴散，彷彿要將整座雲圖閣都吞噬。

但這光芒並不像麥田的那樣具有破壞力，雲圖閣只是被籠罩在萬丈金光之中，絲毫未受損。因為，極惡人神的目的不

是摧毀雲圖閣，而是動用種子的力量，全方位地感知、探尋星雲母圖的位置。

種子自混沌之樹中孕育而出，歷代人神用生命滋養了它。種子的力量，同樣代表着生命的力量。生命力一點一點積累，力量也一點一點積蓄，最後這股力量勢必衝破重重阻力，破土而出。要使用它的力量，就要承擔被種子反噬的風險，因此，動用種子的力量，無異於一場危險的賭博。

守衛在旁的侍衛長咸岸一臉擔心，額頭冒出了豆大的冷汗。

好幾次，人神的控制出現了微妙的偏差，那力量立刻如烈焰般強盛，由無形化為有形，轟地燃燒起來。若不是人神及時調整，種子的力量恐怕會以燎原之勢迅速蔓延，徹底摧毀雲圖閣……

金色的光芒擴散又收攏，形成一道光束，貫穿極惡人神

腳下的地面。地面驟然變化，映照出另一個空間的模樣——腳下是星辰閃耀和雲團朵朵，再往下看去，居然看出了琉方大陸的版圖……

「我明白了，這就是星雲母圖！」人神眼睛一亮，欣喜若狂。

原來，星雲母圖既不是一幅地圖，也不是一架裝置，而是一個空間。路內德不愧是十影王之一，能洞悉到宇宙星辰的奧祕已經是前無古人、後無來者的壯舉了，他居然還能將其空間化，簡直太了不起了！

極惡人神將空間化的星雲母圖取名為問星室，自此擁有了「辨雲圖，知天下」的能力。她的力量使她如虎添翼，威望和權力超越了歷代希愛黎人神。

為了不被打擾，她又用永恆牢的傀儡土偶和銀水機關將雲圖閣偽裝起來。誰會想到，一座令人聞之色變的監獄，居然會是路內德的故居呢？

從此，沒有人膽敢再靠近永恆牢，這裏成了她的專屬領地。

　　夢境中的時間飛速掠過，轉眼到了約莫十四年前，一羣不速之客闖入永恆牢。

　　在看清這些人的長相後，布布路不禁倒抽一口涼氣——

　　他見過他們！每一張臉，對他來說，都刻骨銘心，永難忘懷！

　　他們全都是當年和爸爸一起執行任務的怪物大師精英，金易傑也在其中，他的頸間纏繞着一隻蛇形怪物卡普阿斯。只是相較於咸岸的卡普阿斯，金易傑的卡普阿斯在外形上顯得較為普通，蛇身通體烏黑，一對豎瞳中寒光冷冽，和牠的主人一樣散發出身經百戰的氣息。

　　難道，他們在執行那個神祕的 A 級任務？可是爸爸並不在裏面啊……布布路帶着困惑，迫不及待地等着夢境繼續。

　　極惡人神正在調用體內種子的力量進入問星室，這羣不速之客闖入，令她的精神力大受干擾，種子的力量失控，所有人都被捲入時空亂流。

　　這一切都發生在一瞬間，時空亂流如同狂暴的洪流沖刷而過，每個人都沉溺其中，甚至來不及發出一點聲音，就被吞噬、撕扯、碾壓……等人神勉強制衡住種子的力量，將所有人轉移到問星室時，眼前全是罹難者！

拼湊的新生

　　人神在罹難者中發現了侍衛長咸岸的殘骸，她悲憤不已。

這個人曾不顧自身安危闖入安息花園，拯救了危在旦夕的她。在她連任兩屆人神、近兩百年的漫長歲月裏，咸岸是唯一得到她百分之百信賴的人，他的忠心是對她最大的支持。因此，她賦予了咸岸足夠的生命力，讓他一直保持着青年的模樣。

水能載舟，也能覆舟。靠她的能力活下來的咸岸，也因為她的能力失控而猝然殞命。

從獲得重生的那一刻起，極惡人神便決定，要將命運牢牢掌握在自己手裏。人世間的一切規則她都不放在眼裏，更何況生死？她不想讓咸岸就此死去，她決定讓他活着。

但她知道自己接下來要走的路會更加兇險，她注定要一個人前行，不再需要任何人的守護，也不再想要任何拖累。

所以，在救活咸岸之時，她也要與他徹底告別，讓他回歸到普通人的生活中……

這時，一聲低微的呻吟傳來，人神警覺地捕捉到了，那是一個千瘡百孔的殘缺軀體，布布路根據那張遍佈傷痕的臉認出他是金易傑。如果放任不管的話，不出一會兒，他的心跳就會停止。

人神眼神陰鷙地盯着金易傑，在他心跳停止的瞬間，出手了。

他將咸岸支離破碎的殘軀，和金易傑嫁接在一起，組合成一個新的咸岸。

之後，她把自己體內的半顆種子轉移到咸岸體內。很快，她感受到，咸岸的心臟在金易傑的身體中重新跳動起

來。她封印了金易傑的記憶，為咸岸塑造了全新的記憶和身份 —— 他不再是人神的貼身侍衛長，而只是一個普通的末等侍衛。

不知是巧合還是注定，咸岸和金易傑擁有相似的蛇形怪物，在兩人的殘軀拼接完成後，兩隻怪物相互吞噬，發生了不可思議的融合，最終變成了一隻能力飛躍性提升的全新怪物。

經過一番調查，極惡人神確定了這輩不速之客竟是一隊怪物大師精英，她的心中產生了強烈的不安，同時她盤算着時機已經成熟，可以執行下一步計劃了。

既然問星室這個空間她無法帶走，那麼也絕不能讓別人得到。她下定了決心，封閉了雲圖閣，令其以永恆牢的面目，成為世人心中的禁忌之地。同時，她開啟了一個奇特的煉金術陣，將這輩怪物大師精英的屍骸全部轉移到翡冷翠的主殿。

當她現身主殿時，一個身穿白色斗篷的男人從另一個聯動的煉金術陣被傳送到主殿。

「按照之前的約定，當這個煉金術陣被啟動時，就是您回歸地獄皇后島之時，女王大人。」對方的聲音厚重又熟悉，帶着強烈的壓迫感。

布布路猛地睜大眼睛，不敢置信地看着對方。只見他摘下斗篷帽子，露出了真面目──是阿爾伯特！食尾蛇組織的四天王之一，也被尊稱為「赤色賢者」：最有名的煉金術師，赫赫有名的十影王之一！

他居然稱呼極惡人神為女王大人，也就是說，極惡人神就是食尾蛇組織的領袖？！即使在夢中，布布路也震驚到了無以復加的地步。

「看來目前的情況很特殊啊，讓我不得不懷疑，您把我為您創建的煉金術陣用錯了地方，令我也不得不被聯動傳送到這裏……」阿爾伯特冷冷的目光掃過大殿裏的屍骸，意有所指地說，「現在您打算怎麼辦？」

對於阿爾伯特毫無敬意的倨傲態度，極惡人神表現得毫不在意，甚至還露出了一抹充滿慈愛和威嚴的笑容，彷彿她還是那個一心為拯救世人不惜犧牲自我的希愛黎人神。

「來這裏一趟辛苦你了，阿爾伯特。時機已成熟，我會切斷問星室和整個星系的關聯，回地獄皇后島主持大局。」她避重就輕地給出了結論，莊重地指了指地面上的屍骸，「這些就麻煩你善後了，相信你會非常穩妥地處理掉，不留一點與我相關的線索，以免讓怪物大師管理協會有跡可查。」

阿爾伯特皺了皺眉，調動融合於他體內的怪物禦刃的能力，竟將那些殘軀上的傷口變化為一個個彈孔，偽裝成被克勞德·布諾·里維奇所傷，翡冷翠的主殿也被偽裝成第一現場。

布布路感應到極惡人神內心的想法：她的離開，不僅是因為怪物大師管理協會對她的身份起了疑心，更重要的是，她必須遠離體內藏有另外半顆種子的咸岸，以免一分為二的種子相互吸引或排斥，發生無法預料的失控。

事後，阿爾伯特向她彙報，如她所料，怪物大師管理協會和翡冷翠方面對聖殿中的屍骸發起聯合調查。由於證據指向的犯罪者是名為克勞德·布諾·里維奇的怪物大師精英，即便調查中存有疑點，難辭其咎的管理協會也必須顧及翡冷翠方面的要求，給予莫名消失的人神以名譽上的保護。於是，雙方一致對外隱瞞了這起禍事與人神的關聯，管理協會也將相關調查卷宗列為機密文檔，完全封存。

但翡冷翠境內有關極惡人神的傳聞，還是漸漸地流傳開來⋯⋯

異境的迷夢深淵

MONSTER MASTER 21

新世界冒險奇談
第十八站 STEP.18
絕密任務報告
MONSTER MASTER 21

岌岌可危的空間

　　布布路深陷幻夢中，眼珠在眼皮下急速轉動——

　　原來，十多年前的那次絕密任務，目的是調查極惡人神跟地獄皇后島的關係。但是，爸爸當時也是調查隊伍中的一員，為甚麼他沒有出現在雲圖閣呢？還有，阿爾伯特在替女王善後的時候，為甚麼要陷害爸爸？爸爸又是如何加入食尾蛇組織的？

　　此時，在夢境之外的問星室裏，布諾手持金銀雙槍，開始

向咸岸接連射擊。

　　餃子他們思緒翻湧，一方面震驚於隱藏在一襲鎧甲下的德諾奇，真實身份就是布布路的爸爸——克勞德‧布諾‧里維奇，他居然以這樣的方式，一直潛伏在翡冷翠；另一方面又不得不懷疑布諾的話是否可信，他攻擊咸岸真的是為了阻止麥田的失控嗎？他的說辭煞有介事，暴露自己的時機也恰恰是最危急的時刻，或許布諾真的是想解決問題？但誰也不能排除另一種可能，說不定他的目的已經達到，所以無須繼續隱藏身份了！

　　大家遲疑的片刻，濃烈的火藥味充斥鼻腔，火星四濺，塵土遮眼。

　　「不行，得阻止布諾‧里維奇！」賽琳娜驚醒般地大喊道，「這麼強勢的攻擊，咸岸會受重傷，甚至死亡的！」

　　「等等！」帝奇一揚手，阻止賽琳娜衝上去。

　　濃霧般的塵埃漸漸散去，只見咸岸毫髮無損地站在原地，

布諾射出的子彈盡數落在地上。尖銳的彈頭彷彿遭到某種力量的碾壓，統統變成了扁圓的廢鐵。

「有古怪！射擊發生的時候，咸岸的全身彷彿被一層看不見的殼包裹着，子彈被悉數彈開了！」餃子想着這可不是咸岸的怪物卡普阿斯的能力。

同時，以麥田為圓心，巨大的破壞力令天空和地面不斷崩壞，出現了一個又一個深不見底的黑坑。與之前柏木林消失時不同，這些黑坑彷彿具有生命力，像一隻隻飢餓的饕餮，瘋狂地吞噬着問星室。

望着那一個個不斷擴張的黑黢黢的深坑，餃子三人心頭劇烈戰慄。

賽琳娜滿頭大汗，焦急地說：「麥田釋放的力量正在吞噬這個空間，如果整個時空都被吞噬殆盡，我們會墜入空間夾縫，甚至可能遇到時空亂流……

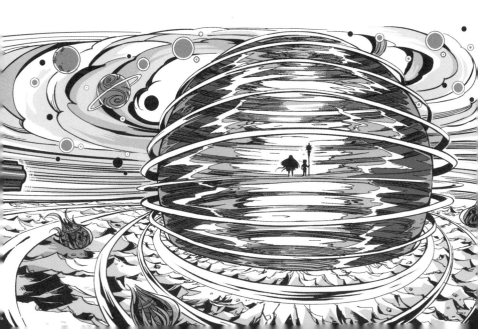

情況異常兇險，容不得一絲猶豫！

帝奇急聲質問布諾：「之前是你讓意識混亂的咸岸安靜下來的，對吧？我聽到了你的槍聲……」

布諾迅速退到不斷擴大的黑坑之外，沉聲道：「我發現咸岸和麥田父子的精神狀態息息相關，相互影響，因此我確實曾攻擊過咸岸，但攻擊目的是靠近他。真正令他清醒過來的，是我在他耳邊唸出的暗號。」

「甚麼暗號？」餃子迫不及待地追問，直覺告訴他這是解開咸岸混亂之謎的關鍵。

「之前我故意引你們去陳列室，就是為了讓風隱試探咸岸。就算咸岸跟金易傑長着相同的臉、擁有相同的怪物是巧合，但絕不可能連戰鬥習慣也一模一樣。這可是在經年累月的實戰中形成的！雖然他不肯承認自己是金易傑，但我堅信自己的判斷，所以對他使用了暗號。」

布諾頓了頓，分神瞥了一眼稍遠處的金盾棺材，確定布布路所處的位置安全後，他繼續解釋道：「暗號是怪物大師管理協會為機密任務準備的保險措施——不論面對誰，不論處在何種險境，只要沒有暗號，執行任務的怪物大師就不會吐露有關任務的任何信息！」

「我聽我大哥說過，管理協會制定了一種為機密任務設置暗號的特殊方法。若是任務失敗，執行任務的怪物大師落入敵人之手，敵人無法從俘虜口中得到任何情報；若是任務成功，執行者也只能對知曉暗號的上級進行一對一的彙報，避免情報

泄露——設置暗號大大加強了機密的安全性!」帝奇進一步補充道,同時犀利地直戳重點,「只是,如此特殊的暗號,具體是如何施加在人身上的呢?又是如何令其發生作用的呢?」

配合戰術

「你們應該知道『言靈束縛』吧?」布諾舉重若輕地提點了一句。

餃子三人心頭一緊,彼此以眼神交換着想法。言靈即言出必靈,這是一種罕見的怪物技能,他們曾在四神基地見識過(詳見《怪物大師 20:雷鳴的四神基地》)。布諾說的「暗號」恐怕與「言靈」異曲同工。

值得注意的是,布諾的語氣似乎料定餃子他們是了解這項技能的,因此才會用此舉例。難道,布諾一直關注着他們這支吊車尾小隊的動向?或者說,他一直暗中關注着兒子布布路的成長?

「管理協會施加在任務執行者腦中的暗號,跟言靈束縛很像,是一種言語上的約束,僅對被施加人起作用,其他人聽到不會產生任何反應。被施加者一旦聽到暗號,不管處於何種狀態,都會以彙報任務結果為首選行動,當即執行!」布諾快速地做出了解釋。

彙報任務結果……一瞬間,餃子的腦海中抓住了這幾個關鍵字,但他根本來不及細想,身旁的帝奇就冷冷地開口道:「我

們只要幫助你接近咸岸，讓你對他唸出暗號，他就會被迫進入彙報任務結果的狀態，脫離失控對吧？」

布諾沉穩地點了點頭，加重語氣強調道：「我想你們應該也注意到了，咸岸表現出的能力顯然不只是卡普阿斯所能賦予的。他的防禦能力極強，進攻能力的極限目前也無法預測。我的子彈打亂過一次他的節奏，因此他有了防備，所以我需要你們的協助，你們必須聽從我的指揮。」

「好，我們聽你的！」整個空間已經被摧毀了近一半，賽琳娜果決地一口答應。

餃子摩拳擦掌，蠢蠢欲動，想見識一下布諾的指揮力。

帝奇的嘴角微微抽動了一下，心不甘情不願地冷哼一聲，算作表明態度。

賽琳娜召喚出水精靈，在布布路身邊建立起四面厚實的冰牆，以做防護。

「謝謝，」布諾在發佈指令前，居然向賽琳娜道了一聲謝，「賽琳娜，接下來請你全力調動水之牙之力，聯合你的怪物維持住空間的穩定。問星室是能影響到藍星乃至整個星系的偉大遺產，我需要你張開一面足夠大的水盾支撐整個空間，同時配合治癒之雨來修復它……」

賽琳娜在心裏偷偷為布布路高興，布諾的道謝代表他在乎自己的兒子。要是布布路知道了，會不會感動得痛哭流涕呢？

但她一意識到布諾對她的個人戰鬥情況簡直是瞭若指掌，臉色又變得嚴肅起來。

「餃子、帝奇，你們倆在中、近距離的戰鬥能力在實戰中甚至已經超過很多怪物大師了，我對你們很有信心，但這場戰鬥留給我們的時間不多，你們需要從一開始就全力以赴。讓你們的怪物分散咸岸的注意力。餃子負責佯攻，但你得充分利用天眼的感知能力，才能應付咸岸。帝奇，把你的氣息收斂起來，像影子一樣緊跟餃子，千萬不要讓咸岸察覺。你將感官能力提升到極限，看破咸岸的弱點，發動你的一瞬千擊！記住，只有一次機會，務必做到一擊即中！」

餃子和帝奇臉上雖然看不出異樣，但內心都大吃了一驚，他們和賽琳娜顯然有着同樣的想法 —— 布諾果然一直在關注着他們，又或者，他們的各種戰鬥數據早已被食尾蛇記錄在案了嗎？

不管怎麼說，布諾的提議確實是在短時間內擊破咸岸防禦圈的有效辦法。懷揣着隱隱的不安，三人各自展開行動。

幽藍色的水盾在空間內膨脹，看似只有薄薄的一層，卻蘊含了水之始祖的力量，原本不斷坍塌的穹頂竟然被巨大的球形水盾給穩穩地支撐住了，那些剝落的殘垣斷壁也在治癒之雨的浸潤下，自行填補了原本的缺口！

包裹住麥田的金色光球似乎也不甘示弱地冒出一束束長刺，企圖穿透、撕裂藍色的水盾和雨幕。

賽琳娜切身感受到了麥田釋放出的這股毀滅性力量的強大，若不是提前就使出了全力調動了水之牙的力量抗衡，此時根本無法抵禦。

治癒之雨的雨勢漸大，金色的光球受到壓縮變小了一些。為了加強與水之牙的同調，賽琳娜的精神力集中到了極限，體能急劇消耗……

「嗷——」根據布諾的指示，巴巴里金獅的體積瞬間膨脹至原來的兩倍，向咸岸發射了特殊進化狀態下的獅王咆哮彈，巨大的聲波攻擊中還夾雜了餃子扔出的火石和藤條妖妖配合形成的千針火雨。

這一組合技能是他們第一次使用，威力不同凡響。

咸岸狂暴地揮動雙臂，像之前抵禦布諾射出的子彈一樣，彈開了絕大多數攻擊，但仍有不少針刺打在咸岸的身上，可惜他身上的石籠皮甲異常堅硬，這些攻擊並沒真正傷到他，只讓他變得更加怒不可遏。

餃子踏着飛濺的碎石，幾乎沒有發出任何聲響，已經迂迴到了咸岸的一側。他從袖口抽出一根用藤條特製的長棍，舞動棍花，如密集的雨點一般朝咸岸落下。咸岸頭都沒回，怒吼一聲，身上的石籠皮甲突然暴增數倍，砰砰砰，那些甲片竟然如炸彈一般爆裂開來！

幸虧餃子已將天眼全都打開，瞬間轉攻為守，用藤棍擊飛衝向自己的石甲，但陷入狂暴狀態且身披石籠皮甲的咸岸，力量還是超乎餃子的預期，韌勁十足的藤棍碎成數段，餃子虎口崩裂，全身像被震散了架，如斷線的風箏飛了出去。

狂暴的咸岸可不打算就此放過餃子，巨拳帶着強勁的拳風徑直襲來，準備給餃子致命一擊。

就在這千鈞一髮之際，一道銀色的流光閃過，時間竟如停止了一般。

周圍只有輕輕的風聲和滿天飛舞的櫻花……

餃子緊縮的瞳孔映出了帝奇的身影，是他的一瞬千擊！咸岸身上厚重的石籠皮甲像豆腐一般被割裂成了大小均勻的碎片，他的傷口在向外嘶嘶地滲出鮮血，那嘶嘶聲聽起來如同微風吹過，而瀰漫在空中的血點竟如漫天的櫻花飄舞。

帝奇將這招控制得分毫不差，僅僅將石籠的皮甲全部卸掉，並沒有真正傷筋動骨就解除了咸岸的狂暴狀態。

帝奇看了一眼差點嚇尿了的餃子說道：「放心，我不會讓他傷到你的！」

「要不是我誇張又精湛的演技，你能有這麼好的進攻機會嗎？我這是演技！懂嗎？演技！」餃子辯駁著，他的肩頭，兩根藤鞭悄然無聲地越過塵埃，纏向咸岸。

藤條妖妖的藤鞭柔軟而快速地一圈一圈纏住咸岸，而布諾已經悄然蹲在了他身邊。

「看來不需要我出手了，這幾個小鬼，比我預想的做得更好……」

金 易傑的報告

「吉光片羽、阪上走丸……再見了，奔放不羈的元素……龍脩……前方無盡黑暗，認知藍星照舊運轉，希望就在明

天……」一個個毫無關聯的詞語和一段段毫無章法的語句，從布諾的口中輕吟傳出，效果極其驚人，咸岸的表情從迷亂狂躁慢慢穩定下來……

餃子三人連連咋舌，怪物大師管理協會對於機密任務採取的保密措施，居然能有如此立竿見影的效果，若是暗號的控制力量被用到其他地方……光是想想都可怕。

當布諾唸完最後一個詞語後，咸岸一臉失神，目光直愣愣地望着布諾，呆板而又清晰地開口道：「怪物大師金易傑進行報告：編號 BN12 小組執行逮捕人神的機密任務失敗，十一人死亡，一人未參與最終行動。」

原來，當年的任務不是調查，而是直接逮捕人神。為甚麼管理協會會盯上人神？是因為她的極惡行為嗎？餃子三人暗暗吃驚。

驚訝之餘，隨着金易傑的偃旗息鼓，籠罩麥田的金色光球迅速收縮、消失，整個空間的崩裂也停止了。

果然如布諾所言，咸岸和麥田的情緒是相互影響的。

光芒退去後，麥田迷糊地睜開眼，震驚地看着四周千瘡百孔的景象，怯怯地問大夥兒：「又是我幹的？」

大家鬆了口氣，賽琳娜虛弱地回到隊伍中，神色複雜地安慰麥田：「這……也不全是你的錯……」

麥田的臉色更難看了，清澈的眼眸不安地掃過眾人，最後視線定格在金易傑身上，他就像一具沒有靈魂的木偶傀儡，筆挺地僵立不動。

看到爸爸異乎尋常的模樣，麥田擔心地張了張口，卻一個音節都沒發出。

「金易傑，請繼續彙報任務詳情。」布諾不動聲色地說。

金易傑目光呆滯，一板一眼地將十多年前的機密任務真相和盤托出：

　　BN12 小組共由十二名怪物大師精英組成，我們的任務原本是尋找路內德的星雲母圖。可進入翡冷翠後，我們卻意外發現，世人敬仰的希愛黎人神竟與食尾蛇組織有勾結！由於沒有掌握確鑿證據，外加人神地位崇高，我們不能大張旗鼓地公開調查取證，但也不能對此視而不見，否則問題會變得越來越嚴重。

　　就在任務陷入僵局時，小組的第十二名成員克勞德・布諾・里維奇發來重要情報——現任人神就是食尾蛇組織的女王！

　　因此，管理協會當即將任務從 A 級升級到 S 級，並向小組更新了任務——祕密逮捕人神！

　　在我們準備實施抓捕行動時，人神正在雲圖閣內開啟空間化的星雲母圖，我們的突然而至令她的力量失控，全部成員頃刻間被捲入時空亂流。

　　克勞德・布諾・里維奇因為沒能及時趕來參與這次逮捕任務，所以逃過一劫。

　　金易傑在時空亂流中喪生，部分身體被極惡人神拼湊給了侍衛長咸岸，為了維持這個特殊的生命，極惡人神讓渡了半顆混沌之樹的種子在咸岸的身體。雖然極惡人神賦予了咸岸全新的記憶，但人類的大腦是極其複雜的，咸岸和我的記憶以某種隱祕的形式，被封存在這具軀體之中，在適當的機緣之下，這些記憶可以被喚醒……

「過去我是金易傑，現在我是咸岸，我已無法執行 BN12 小組的任務。報告完畢。」

金易傑說最後一句話時，他的表情短暫地改變了，他的目光深邃而平靜。然而只是一瞬間，那表情又一寸一寸消失了。最終，恢復成了咸岸特有的悲傷而疲倦的表情。

似乎在和一個老朋友告別，大家的心情久久不能平復。

「當年的機密任務居然是這麼回事，」過了好一會兒，餃子沉吟道，「既然十一名小組成員是因為被捲入空間亂流才喪生的，為何調查結果會變成死於你的槍下呢？最重要的是，你為甚麼沒有按照約定參與任務？又為甚麼成了食尾蛇組織的四天王之一？」

餃子一口氣問出所有的疑問，和賽琳娜、帝奇一起屏息以待，將目光集中到了布諾身上。他會告訴他們答案嗎？

MONSTER MASTER
LOVE! DREAMS!

這是成為怪物大師的必經之路!!!

這是給讀者的Quiz任務!能順利解答初登場的十問集,一定是相當專業的怪物大師迷!

全知全曉,怪物大師

十問集 第一期

 阿爾伯特來自哪一族?

（提示：趕快閱讀「怪物大師」系列的第四部《猩紅森林的守衛者》,你能在裏面找到正確答案。）

■即時話題■

餃子：沒想到,咸岸居然就是金易傑,他報告當年的任務內容的時候,布布路偏偏在昏迷之中,要不然他就能親耳聽到自己追查了快兩年的真相了。

賽琳娜：說起來時間過得好快啊,我們用了近兩年的時間才接觸到當年的機密任務的真相,接下來,我們還要用多長的時間來解開布諾和食尾蛇組織的所有祕密呢?

帝奇：看作者的能力。

賽琳娜：要是作者再拖兩年才讓我們知道所有祕密,那就意味着,整個系列的故事進程才過半吧?

餃子：不不不,我覺得作者親爹既然願意掀開冰山一角,外加不斷填坑的話,那意味着整個系列開始進入收尾階段了。我有預感,我們很快就能進入整個系列的主線核心了。

賽琳娜：反正我和你持相反的意見。帝奇,你站哪一方?

帝奇：我還是那句話,看作者的能力。

完成這個測試後,可以判定自己對於怪物大師的背景知識是否瞭如指掌。測試答案就在第二十一部的243頁,不要錯過喲!

新世界冒險奇談
第十九站 STEP.19
父子情深
MONSTER MASTER 21

生命力的交換

　　面對餃子三人的疑問，布諾沉默以對，顯然不願回答。

　　帝奇眼神一凜，話中帶刺地追問道：「難道是因為你背叛了十一名同伴，心虛得不敢回答嗎？」

　　「還是有甚麼難言之隱？」賽琳娜忐忑不安地看着布諾，她真希望他的回答能解開布布路的心結。

　　布諾卻仍然沉默以對，但是即便隔着厚重的金屬鎧甲，眾人也感覺到他周遭的溫度彷彿瞬間下降了好幾度。

餃子三人不禁下意識地向後退了退，形成一道護着麥田和咸岸的防線。雖然這個男人是布布路的爸爸，但他散發出的可怕氣息還是很令人忌憚！

麥田不知道氣氛為甚麼一下子變得劍拔弩張起來，但咸岸剛剛做報告的狀態，跟他熟悉的爸爸判若兩人，這令他感到十分不安，生怕有人會對爸爸不利。

事實上，咸岸沒有做報告時的記憶，回過神的他憂心忡忡地環顧着一片狼藉的空間，生怕餃子他們會責難麥田。

安靜卻暗藏危機的氣氛中，布諾突然舉起金銀雙槍，餃子他們心下大驚，一個個下意識地做出應戰的姿態。

沒想到布諾只是把槍收了起來。下一秒，他徑直穿過眾人，疾步走到金盾棺材邊。

餃子他們這才發現，布布路的呼吸快停止了！四不像的情況也十分糟糕，那雙銅鈴般的眼睛緊緊閉着，鼻孔裏有出氣沒進氣，同樣是一副奄奄一息的彌留狀態。

「布布路！」

「四不像！」

「怎麼辦？」賽琳娜淚如泉湧，咬着嘴唇決然道，「能救布布路的方法就只能靠極惡人神頒佈的生命法則了吧？我，讓我來奉獻生命力……」

「那是極惡人神的怪物才擁有的能力！就算我們想一命換一命也做不到！」帝奇懊惱地抓了抓頭髮，罕見地失去了冷靜和理智。

「難道真的沒有辦法了嗎？」餃子悲痛而絕望地喃喃道。

「讓開！」布諾推開圍住布布路的餃子三人。

在三人悲痛而錯愕的注視下，布諾從口袋裏掏出了一張紙，那張紙上寫滿了古怪的文字。那些文字讓他們隱隱覺得有些眼熟，但還沒等他們看清楚，布諾一揚手，紙片憑空自燃，上面的文字在火焰中跳躍着，扭曲着，漸漸形成一條耀眼的光帶，一端輕盈地繞上布諾的右手手腕，另一端盤旋着繞上了布布路的左手手腕。

絢爛的光點從布諾的手腕上不斷升起，順着光帶傳向布布路的手腕中，並隨之進入了他的體內……

大家緊張地屏息凝神，忽然之間，布布路的手指微弱地顫動了幾下，胸口有了正常的起伏，蒼白的臉上也漸漸有了血色。

布諾把布布路救活了！

聽着布布路漸漸平穩的呼吸聲，大家高懸着的心終於歸位了。

帝奇緊繃的臉放鬆下來，餃子長長地舒了口氣。

賽琳娜驚喜交加，激動得眼淚差點飆出來：「你是怎麼做到的？布布路是不是沒事了？」

布諾不發一言，如雕塑般維持着與布布路握手的姿勢。不知道為何，這一刻，誰也不想再打擾他們了。

餃子若有所思地說：「如果我沒看錯的話，布諾剛才使用的那張紙，是十影王沙迦的怪物書翁的一頁吧……」

他們與沙迦打過交道，因此知道書翁可以記錄其他怪物的

能力，但被書翁記錄下來的技能，只能使用一次。照此推理，布諾使用的書翁的那張書頁上，應該記錄了極惡人神轉換生命力的能力。也就是說，布諾以犧牲自己的生命力為代價，拯救了布布路！

賽琳娜趕緊給布布路做了檢查，然後放心地衝兩個同伴點點頭說：「布布路的呼吸和心跳都恢復正常了！」

餃子不由得為布布路感到開心，自從在雲圖閣遇見布諾，他就一直守護着布布路，現在又為了布布路選擇自我犧牲……他如釋重負，感到一絲欣慰 ── 布諾果然是在乎兒子的！

情感共鳴

　　連接父子的璀璨光帶消失了，一直緊繃身體如一張拉滿的弓的布諾，高大魁梧的身形轟然半跪在地，戴着頭盔的腦袋也無力地耷拉下去⋯⋯

　　餃子三人擔心地看着布諾，布布路還沒有醒過來跟自己的爸爸相見，布諾可千萬不能有事啊！

　　「布魯 ——」這時，一聲中氣十足的怪叫聲傳來，四不像猛地從布布路的懷裏躥起，一雙銅鈴眼瞪得溜圓。

四不像繞着布諾轉了一圈，一邊用挑剔的眼神打量他，一邊發出意味不明的怪叫聲。

怪物和主人的狀態是緊密相連的，看到四不像變得生龍活虎，大家心中越發肯定，布布路一定會很快好轉。倒是布諾……

「你還好嗎？」賽琳娜眉頭緊皺，小心翼翼地用手碰了碰布諾。

「不用擔心，」感受到賽琳娜的心意，布諾艱難地站起來，虛弱地說，「既然麥田得到了至尊權杖的認可，他應該也繼承了歷代人神都有的『心靈治癒』能力。據我所知，擁有這種能力的人，具有極強的情感共鳴，能準確地感知到人們內心的祈願。我懷疑，麥田的失控正是源自他和父親的情感共鳴。也就是說，失控的人不是麥田，而是咸岸。每當咸岸記憶混亂、情緒不穩時，他體內維持生命的那半顆混沌之樹的種子就會力量失控，而麥田在其影響下表現出瘋狂的破壞力。」

「你的意思是，雷頓家族的十位賞金獵人遇襲，聖殿屋頂被掀飛，我們被帶進這個空間，乃至對這個空間造成的破壞，這一切真正的源頭並不是麥田，而是他 ──」帝奇一點即通，冷靜地指向咸岸。

「我？」突然被點名的咸岸一臉無措，「我……我不懂你們在說甚麼……」

「說起來，你可能難以相信，但你其實不僅是咸岸，也是金易傑……」賽琳娜簡單地向咸岸解釋了一遍事情的來龍去脈。

　　咸岸越聽越心驚，時不時看向身邊的麥田。麥田下意識地握緊爸爸的手，對賽琳娜的話予以點頭認可。小小年紀的他不擅言辭，只能用行動向爸爸表達自己的立場。

　　得知真相，咸岸精神有些恍惚，原來他的記憶和人生是不真實的……

　　隨後，他隱約回想起來，每當家中養殖的牲畜死亡時，他的確都有一些心緒不穩的徵狀。這次追尋麥田前往翡冷翠主城的途中，他也不斷承受着焦躁情緒的煎熬，曾有過意識混亂、失控的時候。而那時他所處的位置剛好離柏木林很近……

　　原來，具有可怕破壞力的人不是兒子，而是他自己！他才是那個對世界造成威脅的「致命武器」！

　　「對不起！」咸岸羞愧得無地自容，自責地向帝奇道歉，「對雷頓家族十人團遭受的傷害，我很抱歉。」

　　「你無須道歉。」帝奇一臉平靜地說完，皺了皺眉，又補了一句，「我之前就說過了，我只想知道真相。」

　　餃子的眼珠轉了轉，突然想到了甚麼，狐疑地問布諾：「你剛剛舉槍對準麥田，應該就是為了確認這個推斷是否正確吧？但是你不覺得這個行動太冒險了嗎？若是你沒能成功接近咸岸唸出暗號，現在大家豈不都被捲入時空夾縫，枉送性命了？」

　　「不覺得。」布諾雲淡風輕地答道。

　　那不以為意的態度讓餃子的額頭鼓出了十字青筋，他終於明白當年布布路拉着自己跳懸崖的勇氣是從何而來了……

無條件的信任和愛

餃子還在努力平復自己跌宕起伏的心情，布諾已經找麥田和咸岸說話去了：「一直以來，麥田都受到咸岸的感情影響，從現在開始，不妨試試反其道而行之！如果讓麥田發揮『心靈治癒』的能力，對咸岸的感情反向影響，也許能讓他保持穩定的狀態。」

說到這裏，布諾頓了頓，即便隔着頭盔，也能感覺到他犀利的目光如箭般射向咸岸，強大的威懾力讓咸岸不自覺地挺直了脊背。

「咸岸，你試着感應和發揮那半顆種子的力量，帶我們離開這裏。」布諾一錘定音。

「我……」咸岸備感壓力，瞬間遲疑了。自己能行嗎？這樣的保證他不敢說出口。

「爸爸，我們試試吧！」麥田抬起頭，目光灼灼發亮。他感到自己心中有某種東西改變了……

而回應他的是一雙雙充滿鼓勵和肯定的眼睛。

「麥田，你是新一代人神，天生就有懸壺濟世的心靈治癒能力，現在只要你穩定住你老爸的情緒，讓他心平氣和，這事絕對是小菜一碟！」餃子攬住麥田的肩膀。

「相信自己，相信我們！無論發生甚麼，我們都會在你身邊幫助你的。」賽琳娜笑着鼓勵麥田。

「你能！」帝奇一如既往地惜字如金，但從他口中蹦出的兩

個字卻帶着斬釘截鐵的堅定。

麥田的心中油然生出一股勇氣，餃子他們勇往直前的信念讓他產生了共鳴，那是前所未有的奇怪體驗，麥田開始感到他的四肢百骸都充滿了力量。他相信自己的情緒也能影響爸爸，給爸爸帶去積極樂觀的正能量⋯⋯

咸岸同樣感受到了麥田的改變，這個怯弱的孩子彷彿瞬間長大了。

這孩子比自己堅強啊。自己面對麥田的能力時不知所措，一味等待逃避。當他們的處境反過來後，麥田卻毫不遲疑地選擇了跟他共同面對。

咸岸的眼眶莫名濕潤，他深吸一口氣，上前緊緊抱住了麥田：「麥田，雖然我的記憶是假的，但我以這個身份活着的每一天，都是無比真實的。當年我拖着傷痕累累的身軀，心灰意冷地從翡冷翠回到那個小山村，在那裏我認識了你的母親，她的淳樸和善良打動了我，讓我感受到了從未有過的溫暖。後來你出生了，我聽到你的第一聲啼哭，看到你用力地蹬着粉嫩的小腿，那一刻，我對自己立誓，要一輩子保護你！看着你一天天長大，你的每一點進步都讓我驚喜不已。只要看到你笑，哪怕是連日陰雨，我的心裏也充滿了陽光。我的兒子，不管你是不是人神，我對你的愛都不會少一分一毫⋯⋯對不起，我不是一個善於表達自己情感的人，以至於我們之間產生了那麼多的誤會。你是一個善良勇敢的好孩子，為了終結戰爭，哪怕心裏萬分害怕，也毫不猶豫地前往翡冷翠，我真的很為你驕傲！」

「爸爸，重要的不是過去，而是未來。」麥田緊緊回抱住咸岸，動容地說，「我在人神繼位儀式前就暗暗下決心，要成為一個被他人需要的人，不能退縮，不能放棄！所以，未來我們一起努力吧！我會保護爸爸的，就像爸爸立誓要一輩子保護我一樣，我們一定能一起渡過這個難關！」

說完，麥田離開咸岸的懷抱，他的神情端莊而肅穆，雙手高高擎起至尊權杖，絲絲縷縷的金色光芒從權杖中流淌而出。很快，麥田的周身亮起了神聖的金光。

那光芒不再刺眼，反而有種讓人舒適的暖意。漸漸地，金光包裹住了咸岸。

咸岸欣慰地看了一眼麥田，心中感受到前所未有的平和。

他專心致志地感受着埋藏在身體中的半顆種子，那的確是一股強勢而又蠻橫的力量，稍不留神就會控制不住。但是和麥田在一起，父子同心，一定能抵禦住那半顆種子的侵蝕……

倏然間，咸岸體內也湧出了一道光，與麥田的金光融合在一起，彙聚成了一道光之路，猛地貫穿了整個空間。

在光之路的盡頭，赫然就是路內德的那間上古陳列室。

離開問星室的通路打開了！

異境的迷夢深淵
MONSTER MASTER 21

新世界冒險奇談
第二十站 STEP.20

粉碎野心家的陰謀
MONSTER MASTER 21

光之路

哇！麥田和咸岸成功了！餃子三人既驚喜又感動，剛剛的麥田真正顯露出了希愛黎人神的神力，只有內心充盈着溫暖和愛，人神才能煥發出普照世人的光芒。

咸岸更是激動不已，看向兒子的眼神中滿是驕傲。

帝奇召喚出巴巴里金獅來背起金盾棺材，布布路安穩地躺在其中。帝奇打頭陣，巴巴里金獅尾巴一甩，跟着主人一起大步踏上光之路。

布諾向前邁了兩步，突然腳下一個踉蹌，差點單膝跪地，將生命力分給布布路後，他的身體變得十分虛弱。

餃子和賽琳娜對視一眼，一左一右扶住布諾。

咸岸和麥田也跟了上來，隨着他們的前行，光之路在他們身後慢慢消失⋯⋯

接近出口時，賽琳娜使盡餘力，召喚出水精靈，並再次調動出水之牙的力量。光之路消泯的同時，水之牙的力量將空氣中的水分都凝聚凍結起來形成一面冰牆，隔離了危險的銀水。

大家終於安全了！在他們踏出問星室的一瞬間，整個空間閉合不見了。

就在眾人都為死裏逃生而感到慶幸時，半空中驟然颳起了一陣疾風。

地面劇烈震顫，呼嘯的疾風猛地幻化為一隻青色的利爪，抓住了虛弱的布諾。

是風隱！風之利爪的速度快得不可思議！

沒等三個預備生做出反應，風之利爪便帶着布諾一起，消失在空氣中。

等大家回過神來，只看到屋頂上留下的巨大窟窿。奇怪的是，空中彷彿有一道無形的屏障，碎石一顆也沒有往下掉，反而齊齊被風捲走了⋯⋯

「哈哈，有沒有搞錯？他剛剛還一副弱得走不動的樣子，離開時卻設計得面面俱到。敢情剛才那模樣是偽裝出來的嗎？」餃子雖然生氣，卻忍不住大笑起來，「怪物和主人的狀態本是

相輔相成，如同氣連枝，布諾為了救布布路失去了大量的生命力，風隱卻完全不受影響，還是那麼剛猛強大⋯⋯天哪，所以布諾的實力到底有多深不可測？」

大哥駕到

「我們趕緊離開吧！」帝奇提醒道。

大家這才想起來，雖然這裏的銀水暫時被封住了，但是外面也沒有出路。以賽琳娜的狀態，大概也無法維持太長時間。

若是在這裏耗下去，還是逃不脫化為能永世長存的銀水雕像的結局！

「爸爸，我們能做點甚麼救救大家嗎？」麥田握緊至尊權杖，極力想做出貢獻，他深知若不是自己被抓到這個地方，大家根本不必涉險。

「別急，我在想⋯⋯」咸岸急得滿頭大汗，還要努力控制自己的情緒，以免雪上加霜。

這時，帝奇突然眼睛一亮，風之利爪帶走布諾時捅出的窟窿閃過一道光亮，一根肉眼難以覺察的蛛絲垂落下來。

「餃子，讓藤條妖妖搭藤梯，有人會接應我們。」帝奇信心十足地說。

餃子召喚出藤條妖妖，帝奇示意藤條妖妖將四根藤條朝着屋頂的窟窿外延伸。果不其然，四根藤條被一股力量拽緊了，藤梯形成。

大夥兒順着藤梯往上爬去，以麥田為首，緊接着是背着金盾棺材的咸岸，然後是賽琳娜和帝奇，餃子殿後，穩定藤梯。

帝奇的腦袋一探出洞口，目光裏的冷峻頓時蕩然無存，取而代之的是帶着孩子氣的驚喜。

「大哥！我一猜就知道是你！」帝奇冷冷的聲音難得呈現上揚的音調。

尤古卡居高臨下地站在洞口，四根藤條正纏在他的一隻手臂上，從手臂上暴出的肌肉線條可以看出，他一直在狠狠施力。

餃子召回藤條妖妖後，心有餘悸地拍了拍胸口：「幸好尤古卡大哥來了！」

「謝謝尤古卡大哥出手相助。」賽琳娜也趕緊道謝。

「大哥，你的個人任務結束了？」帝奇像是想起了甚麼，關切地問。

「嗯，」尤古卡淡然地解釋說，「我一處理完手頭的任務，恢復了與外界的聯繫後，就接到了繆拉從翡冷翠的『生命之星助力會』發來的報告。她告訴我任務失敗了，但是你和你的同伴們緊急救助了他們，還決定替他們繼續執行任務。我趕到翡冷翠主城，任務委託方告訴我，他的探子回報，人神被抓進了永恆牢，你們也追進去了，所以我前來接應。」

「哼，大教司明知道我們進了永恆牢，都不派人來增援我

們，還說甚麼對人神忠心耿耿，我懷疑他的『豐功偉績』全是靠一張嘴吹噓出來的。」餃子嗤笑道。

「福世會的人馬目前駐紮在距離永恆牢三公里的地方。」尤古卡不鹹不淡地說了一句，從表情看不出他的態度。

但帝奇還是敏銳地覺察到大哥的眉毛往上挑了一毫米，那大概是在表達不悅吧。

「他們一定是忌憚永恆牢裏的陷阱，又害怕和食尾蛇組織起正面衝突。」賽琳娜猜測道。

「光說不做，偽君子。」帝奇辛辣地做出總結。

尤古卡的眉毛又往上挑了一毫米，看樣子是想結束福世會的話題。

倒是餃子按捺不住，多嘴多舌地接道：「雖然這件事關乎翡冷翠的國家監獄，又有食尾蛇組織參與，局面複雜，危險難測，但尤古卡大哥一心記掛着弟弟，還是單槍匹馬闖了進來，對吧？哎呀呀，這份兄弟情深，真是太令人感動了！我不由得也思念起了我的大哥長安，不知在沒有我的日子裏，他一個人在塔拉斯過得好不好……」

尤古卡和帝奇齊齊朝肉麻的餃子翻了一個嫌棄的白眼。

隨後，尤古卡掃了一眼咸岸和麥田，接着對帝奇說：「帝奇，彙報一下你執行任務的過程和結果吧。」

帝奇剛要開口作答，一直昏睡的布布路突然發出一聲驚呼：「我知道極惡人神的真面目了，她就是食尾蛇組織的女王！」

布布路睜開雙眼，從棺材裏直挺挺地坐了起來，他之前蒼

白的臉頰恢復了紅潤，眼中也重新有了神采。四不像亢奮地圍着金盾棺材亂跳一通，最後騎到布布路頭上一頓亂啃狂撓。

布布路活過來啦！餃子三人心裏的大石頭終於落地了。

布 布路的收穫和動力

布布路迫不及待地說出了自己的夢境，那些有關極惡人神的點點滴滴，恰好解開了同伴們的疑惑。

帝奇也簡明扼要地敍述了他們在接手繆拉一行的任務之後發生的所有事情。

尤古卡周身的氣壓持續走低，尤其是帝奇每次說到遇險的時候，尤古卡都會用一種審視的目光看他，似乎在確認他是否安然無恙。

布布路聽到德諾奇就是布諾的時候，整個人都怔住了。聽到爸爸通過犧牲生命力的方式拯救了自己，布布路的眼眶紅了，強忍着沒讓眼淚掉下來。

「布布路，你的爸爸愛着你呢，他很關心你的⋯⋯」賽琳娜安慰地拍了拍布布路的肩膀。

布布路重重點頭，感動之餘，他心裏又湧出不解和鬱悶的情緒。

爸爸為甚麼會成為食尾蛇組織的四天王之一？他真的背叛了怪物大師管理協會嗎？還有，爸爸為甚麼那麼着急離開？難道他一點都不想跟兒子相認嗎？

這時，尤古卡突然開口道：「據我所知，怪物大師管理協會的機密任務暗號，只有任務的領導者才知道，我想，布諾不僅僅是十多年前那次任務的參與者，還是任務的主導者！」

「細想一下，以布諾的性格，如果他真的投靠了食尾蛇組織，應該會乾脆地承認。但對於我們的質疑，他卻緘口不語……這其中必有隱情！」餃子摸着下巴，老謀深算地沉吟道。

「布諾在這次事件裏的表現，與其說是對食尾蛇組織效忠，不如說更像是在竭盡所能地拼湊線索，尋找真相。最重要的是，他沒做害人的事。」帝奇直截了當地說出自己的看法。

「說不定……」賽琳娜眼睛一亮，推測道，「對布諾來說，十多年前的那次任務還沒有結束，所以他至今仍無法將自己的祕密公之於眾？」

眾人都十分認同賽琳娜的推測，可這仍舊是一種猜測而已，沒有任何切實的證據。對布布路來說，最遺憾的是，明明兩個人近在咫尺，他卻沒能認出爸爸。隔着厚厚的鎧甲，他甚至沒能親眼看一看爸爸的臉。

但聽完大家的話，布布路釋然了。至少現在明確知道，爸爸沒有殺害另外十一位怪物大師精英，他不是殺人魔，自己也不是「惡魔之子」。

「總有一天，我一定會解開爸爸身上所有的謎團！」布布路握緊雙拳，堅定地說。

未來，他與爸爸面對面交流的那天，一定會來臨……

之後，尤古卡和布布路一行人返回翡冷翠主城的聖殿。

一路上，麥田緊緊握着咸岸的手。此時的麥田，神情中不再有怯懦和畏懼，而是漸漸浮現出屬於人神的沉靜溫暖。

感受到麥田的變化，咸岸心中充滿了欣慰，體內躁動的力量也歸於平靜。

布布路他們相信，從此以後，這對父子之間再也不會有齟齬。只要他們相守在一起，就會產生源源不絕的正向能量，咸岸體內那半顆種子再也不會輕易失控了。

新生的人神

麥田在各大勢力首領的恭迎中回到了聖殿，大教司欣喜若狂地衝上前來，一臉關切地對他說：「人神，你平安無事真是太好了……」

可惜，大教司的慷慨陳詞才開了個頭，就被咸岸毫不留情地打斷了：「從今天開始，我除了以父親的身份，還會以人神貼身侍衞的身份，守護在麥田身邊。」

咸岸不愧是當過兩百年人神侍衞長的人，就算失去了記憶，氣場依舊。

大教司皺了皺眉，暗暗算計着要如何應對這個橫插一腳的傢伙。突然，他注意到咸岸渾身駭人的疤痕：「你是……」

大教司認出了咸岸，氣急敗壞地指着他，咆哮道：「你是在密室中偷襲並冒充我的那個賊人！衞兵們，將這個來路不明的

男人抓起來！」

「等等！」麥田高舉至尊權杖，嚴肅地宣佈道，「福世會大教司野心勃勃，妄圖通過控制人神稱霸藍星，證據確鑿！整個『奪世計劃』全藏在他房間的密室中。我宣佈，剝奪其大教司之位，收監待審。」

他無畏地直視眾人，朗聲道：「我是至尊權杖認可的人神，我要給翡冷翠帶來和平，絕不讓任何人成為霸權者！」

麥田的話一出口，各大勢力的首領紛紛表態，他們絕沒有成為霸權者的野心，並一致同意將大教司罷免、收押。

隔天，新的希愛黎人神毅然站在聖殿的王座前，向世人宣佈，翡冷翠境內各個勢力全部解除了武裝力量，長達十多年的戰爭正式終結，國境線上的封鎖隨之解除。

人神還明確地向怪物大師管理協會求助，希望管理協會能夠幫助這個國家完成戰後重建工作，引導流離失所的難民回歸家園。

人神周身釋放出溫暖和救贖的光芒，普照着滿目瘡痍的翡冷翠，所有聆聽他說話的人，彷彿都被注入了希望和力量。

離開翡冷翠前，麥田愧疚地告訴布布路他們，通過查閱古籍和審訊大教司，他得知了布布路陷入極惡人神之夢的原因——

人神在繼位儀式上，除了要得到至尊權杖的認可，還會通過權杖繼承前一代人神的重要記憶。如此，新的人神就會傳承「以人之身成就神之救贖」的奉獻意志和使命感。

大教司迫不及待地讓麥田去繼位，目的就是讓他繼承極惡人神的記憶，找出問星室，實現自己的「奪世計劃」。但由於極惡人神的記憶力存在着邪惡因子，麥田出於自我保護的本能，產生了一瞬間的排異反應，當時剛好布布路處在麥田和至尊權杖之間，於是極惡人神的記憶陰差陽錯地轉到了布布路身上。

　　然而，布布路並不是人神，在承受了這份記憶的同時，自身的生命力也被加速消耗，直至危及生命。

　　得知布布路發燒和做夢的原因，餃子他們一陣唏噓，這真是一場飛來橫禍啊！

布布路倒是十分豁達，他爽朗地對麥田說：「不！不用跟我道歉！我反而應該謝謝你！因為我不僅看到了極惡人神的記憶，還知道了十多年前那次任務的部分真相。更重要的是，通過這件事，我知道爸爸一直在暗中關心着我，哈哈，絕對是因禍得福！」

　　布布路咧嘴傻笑，心裏卻暗暗發誓：為了爸爸，我一定要振作精神，繼續追尋真相！

尾聲

　　布諾剛回到地獄皇后島，就被恭候多時的阿爾伯特攔住了去路。阿爾伯特的臉像千年不化的寒冰，看不出一絲真實情緒。

「你終究還是用掉了那張記載女王怪物能力的書頁，」阿爾伯特掃了一眼外貌衰老了不少的布諾，若有所思地說，「現在你失去了一半的生命力，不過我可以用煉金術幫你補回來……」

「不用！」沒等阿爾伯特說完，布諾便斷然拒絕。

一瞬間，阿爾伯特眼中閃過一道陰鬱的光，布諾沒有看漏，他皺了皺眉，像是緩和氣氛似的說：「我可不想變成你這樣的存在，就算折壽，剩下的時間也足夠我完成自己想做的事。」

隨着布諾的話音落下，兩人陷入沉默。

許久，阿爾伯特冷笑道：「布諾，你會後悔的。時間從來都不夠用。你想完成的事，即便再過一個、兩個……甚至十個這麼長的時間，也不可能實現。我第一次見你時就說過，世間萬物要遵循『此消彼長』的守恆規律，沒有黑暗就沒有光明，沒有邪惡就沒有正義，要完全抹殺掉任何一方都是絕對不可能的！」

布諾視線移開，忽然想到了當年──

他潛入食尾蛇組織的地盤，卻被面前的這個人逮住了，這個人不再是受世人尊重的十影王，而墮落成了女王的手下。

他深知任務失敗，自己難逃一死，心有不甘，但沒有屈服。

臨死之前，他說出了莉莉絲的囑託。結果這個人卻留了他一命，將他關押了起來。

後來，在他加入食尾蛇組織的那天，這個人又送了他一張記載着女王的怪物能力的書頁。

　　這或許是阿爾伯特的道謝方式，將女王送給他的獨一無二的獎勵，毫不吝惜地轉贈給他認為值得的人。

　　「你所奢望的也是不可實現的事，這個世界的時間是不可能倒轉至莉莉絲蟲化之前的……」布諾淡淡地說道，卻一下子就扎中了阿爾伯特的痛處。

　　阿爾伯特冷冷地看了他一眼，微微揚起下巴，倨傲地說：「是啊，說起來，我們是一樣的人……」

　　　　　　　　　【第二十一部完】

全知全曉，怪物大師

十問集 第一期

食尾蛇組織中，第一個和布布路他們起衝突的是誰？

（提示：趕快閱讀「怪物大師」系列的第一部《穿越時空的怪物果實》和第六部《迷霧島的復仇遊戲》，你能在裏面找到正確答案。）

■即時話題■

布諾：風隱，我之前就告訴過你，在上古陳列室的戰鬥主要是為了試探咸岸是不是金易傑，所以使用能力時要節制，但你呢？雖然沒有破壞陳列品，但你卻把他們都壓在地上摩擦到差點粉碎性骨折。

風隱：……

黃泉：哎呀，布諾你教訓風隱是因為牠把你過去的小夥伴壓在地上摩擦到差點粉碎性骨折，還是因為牠把你兒子的小夥伴們壓在地上摩擦到差點粉碎性骨折啊？我好奇了喲！

布諾：你廢話太多了。

黃泉：我哪裏廢話多了？好歹咱們是同事，你滿足一下同事的好奇心不行嗎？

布諾：……

阿爾伯特：黃泉，我覺得你再多說幾句，就是你被風隱壓在地上摩擦到差點粉碎性骨折了。

黃泉：哼，他敢！呵，還真來了啊，般若鬼王，剝風隱！

接下去的場面有點酷炫……

完成這個測試後，可以判定自己對於怪物大師的背景知識是否瞭如指掌。測試答案就在第二十一部的 243 頁，不要錯過喲！

這是給讀者的Quiz任務！能順利解答初登場的十問集，一定是相當專業的怪物大師迷！

這是成為怪物大師的必經之路！！！

MONSTER MASTER
LOVES DREAMS↑
MONSTER DREAMS↑

全知全曉，怪物大師
十問集 第一期

十問集第一期答案

Q1. 黑鷺導師、白鷺導師、科娜洛導師

Q2. 白鷺導師

Q3. 帝奇

Q4. 赫維留斯

Q5. 長生

Q6. S級怪物泰坦

Q7. 《藍星啟示錄》

Q8. 安古林

Q9. 赫爾墨一族

Q10. 卡爾文達尼

你全答對了嗎？沒有全對的話，可以重溫整個「怪物大師」系列喲，也許會有新的閱讀感受。

這是成為怪物大師的必經之路！！！

這是給讀者的Quiz任務！能順利解答初登場的十問集，一定是相當專業的怪物大師迷！

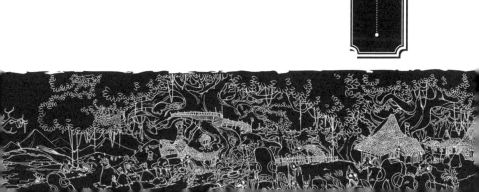

「守護者VS狩獵者」

長久以來，人們倡導人類與怪物平等互愛。

「虛偽，人類明明就應該凌駕於怪物之上！」

一個反詰的聲音出現了……

感染！摩爾本十字基地全面戒嚴。

難以預想的怪物疫病襲來！

怪物們面臨死亡的倒計時！

深鎖的惡意蠢蠢欲動。

不一般的追蹤方式，新的預備生登場——

第二十二部
《禍亂的怪物狩獵者》

　　布布路他們親眼看見，名為畢克思的預備生的怪物口中噴出了藍紫色的黏液！

　　這顏色詭異的嘔吐物究竟代表着甚麼？

　　摩爾本十字基地再度全面戒嚴，東塔樓被封閉，預備生們被限制外出……參加招生考時布布路他們曾經面臨過類似的處境，現在是否意味着十字基地裏又發生了甚麼不得了的大事件？

　　欲知真相，只有夜探東塔樓。預備生們，行動起來！

TRADE
交易

超越常識的怪物租賃買賣！

泄密者將承擔天價賠償！

BLIGHT & INFECT
疫病與感染

TRACE
追蹤

十字基地的傳送光柱開啟，尼科爾院長帶來了舉世聞名的怪物專家—索菲婭教授，以及教授的得意門生赫嘉妮。

令人膽寒的壞消息也同時傳來，一種可怕的新型傳染病在藍星出現，無法確定其發病源，至今沒有掌握有效的緩解或者治療方法，感染者僅僅有十天的存活期……

他們要如何與死神鬥爭，才能在這場與時間賽跑的致命疫病中獲勝？

循着蛛絲馬跡，布布路他們前往鬼市，等待他們的卻是足以動搖他們身為怪物守護者的價值觀的拷問！

對初心的堅持能否勝過名利的誘惑？禍亂的鬼市能否回歸往昔的風采？

狩獵者低吟着自己的妄念，嗤笑着守護者的天真和愚鈍。

堅守信念，勇往直前，預備生們勢要消滅禍亂的源頭！

BUBURO.BURO.LIVAGE
布布路 · 布諾 · 里維奇

「怪物對戰牌」暗戰版使用說明書

Monster Warcraft

 基本資訊：單冊附贈 1 張卡牌。為 1—20 部怪物對戰卡牌集的擴充包。

遊戲人數：2 人以上　　**遊戲時間：**5—20 分鐘

——「怪物對戰牌」暗戰版規則 ——

GAME START 成為『怪物大師』就要憑實力！

來場精彩的雙人對戰吧！洗牌開始！

【基礎牌組列表】

1. 人物牌：1 張
2. 怪物牌：2 張
3. 基本牌：1 張

附件：單冊附贈 1 張卡牌

【遊戲目的】

遊戲開始前，玩家需將自己的人物牌暗置，遊戲進行當中，當一名角色明置人物牌確定勢力時，該勢力的角色超過了總遊戲人數的一半，則視他為「黑暗潛行者」，若之後仍有該勢力的角色明置武將牌，均視為「黑暗潛行者」。「黑暗潛行者」為單獨的一種勢力，與怪物大師管理協會和食尾蛇組織的兩大勢力均不同。他(們)需要殺死另外兩大勢力，才能成為勝利者。

當以下任意一種情況發生，遊戲立即結束：

兩大勢力鬥爭時，一方勢力死亡，則另一方獲勝。出現第三方勢力之後，則需另外兩方勢力全部死亡，剩下的第三方才算獲勝。

【遊戲規則】

1. 將人物牌洗混，玩家抽取一張人物牌，並將人物牌背面朝上放置(即暗置)。處於暗置狀態下的人物牌均視為 4 點血量值，其組合技能和個人鎖定均不能發動，明置之後，才可發動，血量存儲也恢復到牌面顯示的值，已扣掉的血量不可恢復。

2. 將怪物牌洗混，玩家抽取一張怪物牌，確定自己所擁有的怪物。

將怪物牌置於暗置的人物牌的上面，露出當前的血量值。(扣減血量時，將怪物牌右移擋住被扣減的血量值。)

3. 將基本牌、元素晶石牌、特殊物件牌等洗混，作為牌堆放到桌上，玩家各摸 4 張牌作為起始手牌。

4. 遊戲進行，由年齡最小的玩家作為起始玩家，按逆時針方向以回合的方式進行。暗置的人物牌只有兩個時機可以選擇明置：

◆回合開始時。

◆瀕臨死亡時。

5. 確定先出牌的玩家從牌堆頂摸 2 張牌，使用 0 到任意張牌，加強自己的怪物或者攻擊他人的怪物。但必須遵守以下兩條規則：

◆ 每個出牌階段僅限使用一次【攻擊】。

◆任何一個玩家面前的特殊物件區裏只能放一張特殊物件牌。

每使用 1 張牌，即執行該牌上的屬性提示，詳見牌上的說明。遊戲牌使用過後均需放入棄牌堆。

6. 在出牌階段，不想出或沒法出牌時，就進入棄牌階段。此時檢查玩家的手牌數是否超過當前的人物血量值(手牌上限等於當前的人物血量值)，超過的手牌數需要放入棄牌堆。

7. 回合結束，下一位玩家摸牌繼續進行遊戲。

「怪物對戰牌」暗戰版使用說明書

Monster Warcraft

基本資訊：單冊附贈 1 張卡牌。為 1 — 20 部怪物對戰卡牌集的擴充包。

遊戲人數：2 人以上　　**遊戲時間**：5 — 20 分鐘

——「怪物對戰牌」暗戰版規則 ——

8. 判定的解釋：摸牌階段時，對要進行判定的牌需要進行判定，翻開牌堆上的第一張牌，由這張牌的顏色來決定判定牌是否生效。

9. 怪物牌翻面的解釋：在輪到玩家的回合開始前，若是你的怪物牌處於背面朝上放置的狀態，請把它翻回正面，然後你必須跳過此回合。

10. 若遊戲未分出勝負，但牌堆的牌已經摸完，則重新將棄牌堆的牌洗混後，作為牌堆繼續使用。當所有場景牌用完之後，需要重新洗一遍場景牌，建立新的場景牌堆。

怪物名稱	卡版	屬性等級	獲得方式
地獄犬	普通卡	B 級	隨書附贈
幻影魁偶	普通卡	A 級	隨書附贈
饕餮	普通卡	? 級	隨書附贈
幻影冥狐	普通卡	A 級	隨書附贈
庫嚕嚕	普通卡	B 級	隨書附贈
梅菲斯特	普通卡	B 級	隨書附贈
金牛座	普通卡	A 級	隨書附贈
書翁	普通卡	S 級	隨書附贈
丁丁	普通卡	C 級	隨書附贈
百絨融融	普通卡	C 級	隨書附贈
安第斯	普通卡	S 級	隨書附贈
金牛座普	普通卡	A 級	隨書附贈
炎龍	閃鑽卡	S 級	隨書附贈
海因里希(不完整體)	閃鑽卡	S 級	隨書附贈
時之魔・冥加大帝	閃鑽卡	S 級	隨書附贈
禦刃	閃鑽卡	S 級	隨書附贈
焰尾貓	普通卡	B 級	隨書附贈

【怪物卡牌一覽表】

怪物名稱	卡版	屬性等級	獲得方式
四不像	普通卡	D 級	隨書附贈
水精靈	普通卡	D 級	隨書附贈
藤條妖妖	普通卡	D 級	隨書附贈
巴巴里金獅	普通卡	C 級	隨書附贈
金剛狼	普通卡	B 級	隨書附贈
一尾狐蝠	普通卡	B 級	隨書附贈
魔靈獸	普通卡	A 級	隨書附贈
泰坦巨人	普通卡	S 級	隨書附贈
泰坦巨人（覺醒版）	閃鑽版	S 級	隨書附贈
巴巴里金獅（家族守護版）	閃鑽卡	A 級	隨書附贈
蒼赤虎（影子版）	普通卡	C 級	隨書附贈
花芽獸（影子版）	普通卡	C 級	隨書附贈
龍膽（影子版）	普通卡	B 級	隨書附贈
露姬兔（影子版）	普通卡	B 級	隨書附贈
大聖王	普通卡	A 級	隨書附贈
九尾狐	普通卡	A 級	隨書附贈
騎士甲蟲	普通卡	D 級	隨書附贈
惡魔酷丁	普通卡	C 級	隨書附贈
塞隆鼠	普通卡	B 級	隨書附贈
帝王鴉	普通卡	A 級	隨書附贈
帕米魯格	普通卡	A 級	隨書附贈
般若鬼王	普通卡	A 級	隨書附贈
大聖王（十影王版）	閃鑽卡	S 級	隨書附贈
風隱	閃鑽卡	A 級	隨書附贈
水精靈（升級版）	普通卡	B 級	隨書附贈
大紅武章	普通卡	B 級	隨書附贈
克林姆林	普通卡	B 級	隨書附贈
鎖鏈魔神	普通卡	A 級	隨書附贈
藤條妖妖（升級版）	普通卡	B 級	隨書附贈

GAME START 成為『怪物大師』就要憑實力！來場精彩的多人對戰吧！洗牌開始！

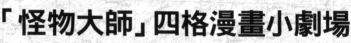
「拿」上癮

Comic：李仲宇／Story：黃怡崢

爆笑登場！

編輯部特別獻禮『怪物大師』中鮮為人知的小番外小趣味！

Note 爆笑 無厘食天食 關笑時間

「怪物大師」四格漫畫小劇場

Comic Theater

●「問」上癮

Comic：李仲宇／Story：黃怡崢

編輯部特別獻禮『怪物大師』中鮮為人知的小番外小趣味！

爆笑登場！

特別企劃·第十一期偵查報告
【這裏,沒有祕密】

Q1. 為甚麼帝奇沒有眉毛?
答:小編本來想答:胡説,帝奇怎麼可能沒有眉毛?翻了一下所有出版的書後,嗯,小編覺得,他的眉毛應該是被畫師「剃」掉了。

Q2. 可愛的女王陛下的樣子是甚麼樣的呢?她的能力是很強大的嗎?
答:看完新出版的第二十一部,相信你心裏應該已經有答案了。

Q3. 請問帝奇在無神坊過了一年,那他的年紀是大了一歲還是沒有增長?
答:大了一歲喲,所以帝奇的身高才長了那麼多。

Q4. 在第十三部裏,帝奇是和他爺爺打成平手後才從「場」中出來的,那為甚麼還是打不過尤古卡呢?
答:帝奇與爺爺之間的戰鬥是經過一年的反覆訓練後的平手成果,但他與尤古卡可沒有這麼長時間的磨合,在臨場發揮上,帝奇的經驗遠遠不如尤古卡,還有着很大的成長空間。

Q5. 餃子甚麼時候能摘下面具和布布路他們相處啊?
答:狐狸面具是餃子的標誌性特色之一,所以不能摘啊!另外畫師表示,狐狸面具比較容易作畫。

Q6. 獅子堂是洗掉髮膠之後再去睡覺的嗎?而且起牀的時候會用多長時間定住冰淇淋髮型呢?
答:是的,在不執行任務時的日常生活中,獅子堂是每天都會洗頭髮的,至於用多長時間完成頭髮造型,所謂熟能生巧,所以他不會用很長時間,可能也就是刷個牙的時間吧。

Q7. 編輯部的大哥哥大姐姐們,你們好。我想知道尤古卡的私人生活,比如每天的行程都是些甚麼,跟紅帽子到底賭了甚麼,還有甚麼時候給帝奇找個大嫂之類的。
答:小編也想知道尤古卡大哥的私人生活,也想知道大哥和紅帽子的賭約細節,雷叔説,以後還會有大哥的戲份,所以敬請期待。至於甚麼時候給帝奇找個大嫂……嗯,你應該和尤古卡大哥一樣,先關心帝奇何時能正式成為雷頓家族的當家吧!

Q8. 雷叔寫了那麼多「怪物大師」,哪本是雷叔最喜歡的、最滿意的?
答:當然是每一本都喜歡。截止到目前,最滿意的一本應該是第十九部。

Q9. 請問精英隊四人未來都會有單行本嗎?
答:不好説,暫時待出版的四本裏面沒有計劃。

Q10. 雷叔甚麼時候準備把角色生日補上呀?藍星曆法也可以啊!我超級想知道雙子導師的生日!
答:小編去催催雷叔,不過小編有點擔心,以雷叔的數學水平,能換算得清楚地球和藍星之間的曆法時間差嗎?

Q11. 十影王假如碰到了一起會怎麼樣呢?
答:十影王處於不同時代,目前雷叔還未在故事中讓他們全數登場,因此在假想上有難度。不過小編「腦補」了一下,怪物大師管理協會的獅子曜會長應該會給他們辦個圓桌會議,然後他們要麼聊不到一起,要麼就「聊」得天昏地暗、風雲色變吧。總之,他們如果碰到一起,藍星上應該會出大事,或者將要出大事!

藍星地球 特刊

連接兩界時空，網羅四方乾坤

由怪物大師管理協會唯一授權的地球專屬刊物

VOL.008
不定期發行
精彩無限
不容錯過

各位親愛的讀者，你有沒有想過，如果怪物大師的故事重新開始，有多少事情必然發生，又有多少是純屬偶然呢？

近日，本刊記者就『怪物大師』的情節預設了三個問題，並對資深粉絲進行了隨機採訪，快來看看他們的回答吧。

Q1
如果在去摩爾本十字基地的路上，餃子最先遇到的是帝奇，兩人還會一路結伴同行嗎？

Q2
如果在摩爾本十字基地綜合測試中，與精英隊獅子堂過招的不是布布路，那麼吊車尾小隊剩下的三人中，誰最有可能躲過獅子堂的招數？

Q3
如果巴巴里金獅、四不像、藤條妖妖、水精靈擬人化，牠們中哪兩個最有可能成為好朋友？

受訪人 A

Q1：餃子和帝奇不會結伴同行，因為餃子過分熱情，而帝奇卻冷酷無情，兩人性格不合。

Q2：帝奇最有可能躲過獅子堂，畢竟他是雷頓家族的嘛。

Q3：用排除法看，四不像那麼貪吃，大家都會討厭牠；巴巴里金獅太大了，應該和其他三隻合不來。只有藤條妖妖和水精靈可能會是好朋友。

受訪人 B

Q1：不會，因為餃子與布布路同行的目的是讓他為自己買票，而帝奇必然不會上當。

Q2：我想是帝奇，因為帝奇體形較為……嬌小？（好吧，我找不到其他合適的詞了。）所以更為靈活。換成餃子應該會用古武術去抵擋而非閃避，而大姐頭應該會在戰鬥開始時就利用水精靈，讓獅子堂不會有近身的機會，這樣好利用元素晶石進行遠程攻擊。

Q3：感覺除了四不像，其他三個都能成為好朋友，尤其是藤條妖妖和水精靈，因為巴巴里金獅太過霸氣，而四不像太過目中無人……啊，不，是無怪！

受訪人 C

Q1：鐵定不會，餃子甚至都來不及打招呼就被巴巴里金獅給吼了，再說在第一部，帝奇還沒長高，餃子都不一定看得到。

Q2：第一感覺還是帝奇，因為他到第六部還是沒長高，獅子堂打不到，哈哈。或者是大姐頭，她的河東獅吼，獅子堂都不敢靠近。

Q3：除了四不像，另外三個都可以成為好朋友吧，因為在四不像眼裏，巴巴里是高等金獅毛毯，水精靈是噴泉或者水槍，清熱解暑，藤條妖妖則是素菜。四不像是非常喜歡吃甜食和肉的，素菜不沾。而且在第十部中，四不像速度與力量都比另外三個強大，但又好吃懶做，不可愛。以上就是鄙人的看法。

Staff
製作團隊

宋巍巍　　■ 策劃

趙　婷　　■ 主編

黃怡崢　　■ 文字
谷明月

孫　東　　■ 插圖
李仲宇
周　婧

卡　姿　　■ 色彩

李禎祾　　■ 灰度

丁　果　　■ 設計

葉偲逃　　■ 協力

李　婉

鍾悠遠

CREATED BY LEON IMAGE
Love & Dreams
MONSTER MASTER

[雷歐幻像] 作品
LEON IMAGE WORKS

責任編輯：梁潔瑩
裝幀設計：高　林　龐雅美
排　版：時　潔
印　務：劉漢舉

怪物大師
——異境的迷夢深淵

□
著者
雷歐幻像

□
出版
中華教育

香港北角英皇道 499 號北角工業大廈一樓 B
電話：（852）2137 2338　傳真：（852）2713 8202
電子郵件：info@chunghwabook.com.hk
網址：http://www.chunghwabook.com.hk

□
發行
香港聯合書刊物流有限公司

香港新界荃灣德士古道 220-248 號
荃灣工業中心 16 樓
電話：（852）2150 2100　傳真：（852）2407 3062
電子郵件：info@suplogistics.com.hk

□
印刷
美雅印刷製本有限公司

香港觀塘榮業街 6 號 海濱工業大廈 4 樓 A 室

□
版次
2020 年 11 月第 1 版第 1 次印刷
© 2020 中華教育

□
規格
32 開（210 mm x 140 mm）

□
書號
ISBN：978-988-8676-67-5

本書經由接力出版社獨家授權繁體字版
在香港和澳門地區出版發行